KB237656

문학과 역사를
함께 배우는
세계 명작 지도

문학과 역사를
함께 배우는
세계 명작 지도

최의영 지음 | **임지용** 그림

살림

명작을 통한 세계 여행기

2002년부터 지학사의 중학 독서 평설에 연재했던 글들을 모아 명작을 통한 세계 여행기로 꾸몄습니다. 또한 독자의 독서 지평을 넓히며 각국의 고전과 작가에 대해 숙지하는 동시에 세계 명소에 대한 이해까지 아우를 수 있도록 했습니다.

여기에 실린 평설은 이미 논의가 완료된 고전 작품임에도 불구하고 보다 새로운 시각으로 새로운 해석의 여지를 보여주려 애썼습니다. 기존의 논의들에 대해 되짚으면서도 다른 작품과의 비교나 엇갈린 시선을 통해 자칫 완독하지 않고, 이미 지루하게 느껴질 수 있는 동서양의 고전을 보다 현대적인 시각으로 흥미롭게 접근했습니다.

이 책을 통해 독자 여러분이 독서의 진정한 즐거움과 얼마든지 새롭게 이해할 수 있는 고전의 매력을 발견하기를 기대합니다. 그리고 작품의 감상과 이해와 더불어 세계 각국의 문화를 이해하고 간접적으로 체험하는 데에 도움이 되기를 바랍니다.

평설 부분에서 미처 언급하지 못한 작품의 이면을 명작이 던지는 질문을 통해 색다르게 다루었고, 사소하게 지나치기 쉬운 작품의 핵심적인 주제를 되짚어보았습니다. 각 나라에 대한 개략적인 소개와 함께 사진과 삽화로 작품과 연관된 실제 명소의 소개하여 보다 생생한 독서체험이 되도록 꾸몄습니다.

짧지 않은 편집과 제작 기간 동안 여러모로 애써주신 살림 출판사 관계자 여러분들에게 특별히 감사하며, 집필하는 내내 미국에 머물렀던 저와 어렵게 의사소통했던 지학사 편집자분들, 그 외에 마음으로 도와주신 모든 분들에게 진심으로 감사의 뜻을 전합니다.

 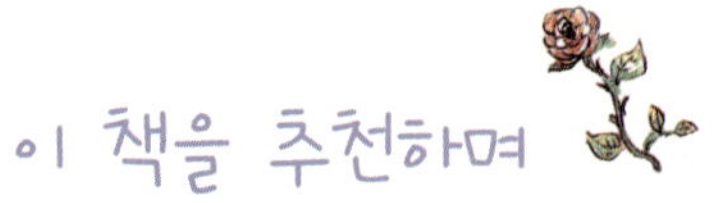

세계명작은 이미 오랫동안 읽혀져 왔고 수많은 논의들이 진행되어져 왔다. 그러나 세상이 변하고 세상 이치마저도 변해가는 중에 문학적 해석이 변화하고 다양해지는 것은 당연하다. 새로운 고전 읽기라 해서 언제나 새로운 것은 아니지만, 우선 이 책은 문학작품을 통한 세계 여행이라는 참신한 기획의도로 인해 독자에게 보다 생생한 감동을 전달한다.

작품 설명의 세세한 내용을 살펴보면, 평이한 가르침의 수준이 아니라 필자 특유의 시선으로 작품 속 세상과 인물에 대한 평가가 새로이 이루어지고 있다. 이제 문학작품 읽기와 세상 읽기를 막 시작하는 학생 독자들에게 이 책은 분명 단순한 고전에 대한 이해보다 보다 넓은 세상으로 이끌어주는 역할을 할 것이다. 작품을 처음부터 끝까지

읽지 않고도 고전은 제목만으로도 사람들에게 익숙해져있다. 그러나 단순한 ‘읽어치우기’ 만으로 독서가 완결되는 것은 아니다. 나름의 비판적 시각이 생성되고 성숙하는 과정에서 전문적인 평설의 소개를 받는 것은 분명 많은 도움이 될 것이다.

근래에는 입시의 경향이 예전과 많이 달라져 지금은 과거에는 짐작조차 할 수 없던 방식으로 치러지는 것으로 알고 있다. 면접에도 구술면접이라 해서 상당한 수준의 질문이 주어지고 논술고사는 배점도 높은데다 단기간에 실력을 향상시키기가 불가능한 수준의 문제 해결 능력이 요구되고 있다. 그런 현재의 상황에서 독서의 체험은 다른 어떤 것보다 중요해지고 있고 고전 읽기는 문학작품 읽기의 시작이자 기본이다.

독자 여러분이 이 책을 통해 세상과 문학에 대한 이해 및 인식의 지평을 보다 넓힐 수 있기 바란다. 아울러 여러분이 일생 마주칠 여러 시험에서 오래 유효하면서도 줄지 않을 밑천이 될 것임을 믿으며 감히 이 책을 추천한다.

2007년 9월 이문열

1부 | 유럽

CONTENTS

2부 | 유라시아

3부 | 아메리카

Chapter 1

유럽

영국은 유럽 대륙의 입헌 군주국으로 북서쪽 대서양에 있는 섬나라이다. 지형은 빙식작용의 흔적이 많아 피오르(fjord)가 발달하는 등 굴곡이 심하고 침수해안이 많다. 1년 내내 습도가 높고 강수량은 많은 편이다. 템스 강과 세번 강이 가장 중요한 하천이다.

19세기 초 이래 영국은 공업의 최선진국이고 유일한 자본주의 국가였다. 이른바 대영제국의 시대였다. 그러나 제1차 세계대전 이후 영국의 국력은 현저히 저하됐고, 게다가 1929년 세계공황의 영향으로 경제가 곤궁해지자 당시 노동당 정권은 와해되고 식민지도 차례로 독립하는 바람에 대영제국은 과거 속의 유산이 됐다.

영국은 입헌군주제 아래 의회정치가 세계에서 가장 일찍 발달했으며 현대에도 안정된 대의민주주의를 확립하고 있다. 영국사회는 늘 전통을 유지하면서 시대 흐름에 따라 천천히 변화해 왔다. 또한 여러 민족으로 구성된 다민족 국가이면서 언어는 영어를 주로 사용한다. 여러 민족이 함께 살기 때문에 이질적인 문화라도 모두 받아들여 균형을 유지하는 한편 유연하고 강인한 영국인의 사고를 체질화했다. 중용의 미덕은 영국인의 생활 속에 뿌리깊게 자리하고 있다. 종교개혁을 거치면서 프로테스탄트(신교)를 선택했지만 내용이나 의식 면에서 가톨릭(구교)을 버리지 못하고 대신 절충을 택했다.

영국에 관광을 하러 오는 많은 사람들은 버킹엄 궁전과 근위병 교대식을 보기 위해 기다리곤 한다. 웅장한 궁전을 뒤로 하고, 말을 탄 근위병을 보고 있노라면 동화의 한 장면을 보는 듯하다.

01 예기치 못한 일

『예기치 못한 일』 캐릭터 한눈에 살펴보기

뤼실: 가정에 충실하며, 지성적이면서 차분한 성격의 소유자다. 남편에게 지극한 정성을 보였지만 남편이 바람을 피우고 있는 줄은 모르고 있었다. 비행기 사고로 이 사실을 알고 괴로워하지만 정부와 함께 죽은 남편의 장례를 성의껏 마무리한다.

베르뇌유: 파리 대학 교수로 점잖으며 아내를 자상하게 대해준다. 러시아 출신 아내가 결혼 후 러시아 젊은이들과 어울리는 것에 대해 향수를 달래는 것이라고 이해해준다.

질베르: 뤼실의 남편으로 미남이며 집안일보다는 파리나 런던에서의 사치스러운 생활을 더 좋아한다. 베르뇌유의 아내 베라의 미모에 반해 바람을 피운다.

베라: 러시아 출신의 베르뇌유 아내로 아주 매력적인 미인이다. 질베르를 지배하고, 자기에게 예속시킨다. 프라하로 가는 자기 소유의 항공기에 탔다가 추락하면서 질베르와 함께 사망한다.

운명, 우연의 다른 이름

　　사람의 만남을 우연이라고 일컬을 때는 별 의미 없는 만남을 뜻한다. 한편 운명이라 지칭할 때에는 대체로 긍정적 의미에서 두 사람의 나머지 인생을 바꾸는 계기가 되는 일이 동시에 일어난 경우를 뜻한다. 얼핏 보면 우연과 운명 두 단어의 뜻이 상반된 듯하지만, 둘 다 사람의 의지와 상관없이 느닷없이 일어난다는 공통점을 지니고 있다. 다만 결과에 따라, 정의내리고자 하는 사람의 의지에 따라 구분해 불릴 뿐 운명 또한 애초에 인간의 태어남이 그렇듯이 우연일 뿐이다.

　　이렇게 보면 처음부터 운명적이라기보다 우연히 만난 두 사람이 평생의 반려자가 되는 결혼 스토리는 우연으로 시작한 필연이자 운명적인 필연이라고도 볼 수 있을 것이다.

　　『예기치 못한 일』의 줄거리는 기막히게도 각자의 배우자가

영혼이 서로 닮아 있는 두 사람은 심성과 사고가 맑고 올곧았다. 그래서 자신의
모습을 투시하기 위해 부정한 배우자를 사랑했다.

불륜의 관계를 맺고 함께 사고로 죽고 나서 남겨진 두 사람이 사랑에 빠져 이상적인 결혼 생활을 영위한다는 얼개로 짜여 있다. 그런데 이렇게 대단히 자극적이고 선정적이기까지 한 스토리에 비해 문체는 담담하면서도 다소 건조하다. 작가는 심지어 별일 아니라는 듯이 일련의 사건들에 대해 일정한 거리를 두고 있다. 그것은 이 작품이 뒤틀린 운명 속에서 갈등하고 좌절하고 고통 받는 인간들의 모습에 초점을 둔 것이 아니라, 다만 인생에서 예기치 않게 일어난 우연의 모습에 관심을 두고 있기 때문이다.

뤼실과 베르뇌유는 운명적 사랑을 강조하는, 통상적인 로맨스의 주인공들이 갖는 뛰어난 외모나 재력 또는 특별한 매력을 소유하고 있지는 않다. 이들은 다만 양질의 인품을 가진 평범한 사람들일 뿐인데 달리 보면 아주 독특하기도 하다. 남편 질베르나 아내 베라의 불륜과 배신 앞에서 그토록 초연할 수 있는 것은 아무나 할 수 없기 때문이다.

뤼실과 베르뇌유 두 사람은 각각 어울리지도 않은 자신의 배우자에게 일생 동안 성심을 다했다. 불륜의 정황이 명확한 상황에서 어이없이 맞닥뜨린 두 사람은 그러나 각각 자신의 배우자들에게 변함없이 지극한 신뢰와 사랑을 보낸다. 그러나 실상 이들의 배우자들은 아내와 남편을 기만하고 배신하는 형편없는 인격을 소유한 통속적인 사람들일 뿐이었다.

작가는 그다지 가치가 없어 보이는 각자의 배우자에 대해 끊임없이 부드럽고 너그러운 사랑을 바치는 두 사람의 모습을 자연스럽게 이 두 사람의 영혼이 서로 닮아 있음으로 그려낸다. 뤼실과 베르뇌유는 각자의 배우자를 깊이 사랑해서 신뢰하는 것이 아니라 자신들의 심성과 사고가 맑고 올곧았기에 자신의 모습을 투사하기 위해 올바르지 못한 배우자를 신뢰하고 사랑했던 것이다.

마침내 배우자들의 배신을 분명히 자각하고도 이 두 사람은 끝까지 지극히 선하고 진실한 태도만을 보여준다. 그런 두 사람이 서로에게 이상적으로 어울리는 새로운 배우자가 된 것은 우연이 가져다 준 운명이자 축복이다.

앙드레 모루아는 소설가이면서 동시에 역사, 평론, 전기 작가로도 잘 알려져 있다. 퍼시 비시 셸리, 조지 고든 바이런, 벤저민 디즈레일리(영국 전 총리), 이반 세르게예비치 투르게네프, 에밀리 엘리자베스 디킨슨 등의 시인과 소설가에 대한 전기를 쓴 것으로 유명하며 그의 전기 작품의 기법과 정확성은 후대에도 규범이 될 정도이다. 1918년 모루아는 제1차 세계대전 때 통역관으로 복무하던 전쟁의 경험을 바탕으로 쓴 『브랭블 대령의 침묵』으로 소설가로서 데뷔했으며, 후속작을 계속 이어 쓸 만큼 성공을 거두었다.

우리에게는 역사서의 저자로 많이 알려진 그는 전쟁 이후 프랑스 사람들에게 영국을 알리기 위해 10년간의 준비 과정을 거쳐 『영국사』를 완성했다. 제2차 세계대전 중 미국에 체류하는 동안에는 미국을 프랑스인에게 알리기 위해 『미국사』를 저술했다. 이 두 저서는 당시 대단한 인기를 끌어 프랑스의 역사서도 써달라는 제의가 쇄도했다고 한다. 결국 『프랑스사』도 출간이 됐다. 모루아 역사서의 특징은 편하고 읽기 쉬운 문장으로 쓰여졌으며 정치뿐만 아니라 문화, 사회 전반에 대한 해박한 지식과 풍부한 화제로 읽는 즐거움을 준다는 데에 있다.

영국과 프랑스는 도버 해협을 사이에 두고 날씨가 좋은 날에는 해협 너머로 서로의 땅이 보인다고 할 정도로 가까운 나라이다. 그러나 결코 건너기 쉽지 않은 골이 있기도 하는 사이인데 모루아는 영국인들에게서도 많은 사랑을 받고 있다. 그것은 프랑스 젊은이에게 영국인들만의 멋을 인정하고 그것을 배우라고 이르는 「영국에 가는 젊은이에게 주는 충고」라는 글 때문이다. 두 민족의 이질성에 대한 지적과 영국에 대한 긍정적 평가가 함께 엿보인다.

1) 겸손하라. 영국인들은 '시골에 작은 집이 있다' 고 해서 가보면 침실이 300개나 되는 집인 경우가 많다.

2) 옷은 그들처럼 수수하게 입어야 한다. 해외에서 본 잘 차려입은 영국인은 여행하는 사람들이지만 영국 내의 영국인은 여행객이 아니기 때문에 수수하다.

3) 죄를 짓지 마라. 프랑스에서는 죄를 짓고도 슬픈 표정으로 하소연하면 이것이 다소 감안이 되지만 영국에서는 배심원들에게 오히려 혐오감을 일으킬 뿐이다.

4) 너무 설쳐서 일하지 마라. 다른 사람이 요청하도록 조금 기다려라. 영국인들은 아주 천천히 걷지 않은가? 일을 거절해서도 안 되겠지만 굳이 나설 필요도 없다는 뜻이다.

연애 심리를 섬세하게 잘 표현한 소설가
앙드레 모루아

전기 문학가인 점을 감안해서 앙드레 모루아의 글을 논리적이면서도 다소 건조한 문체를 지녔으리라고 생각하기 쉽다. 그러나 뜻밖에도 그의 소설은 『예기치 못한 일』처럼 섬세한 연애의 심리 묘사로 유명하다. 1885년 프랑스의 엘뵈프에서 태어난 모루아는 철학자 알랭의 영향을 크게 받았다.

데뷔작 『브랭블 대령의 침묵』(1918)을 필두로 『베르나르 케네』(1926), 『사랑의 풍토』(1928), 『숙명의 피』, 『행복의 본능』(1934) 등을 발표했다.

1983년 프랑스 아카데미 회원으로 지명됐으며 제2차 세계대전 때 미국에 머물며 『프랑스의 비극』(1934) 등을 썼다. 『미국사』(1943)와 『영국사』(1937)도 이 시기에 집필했다. 1942년에는 자서전 『나의 기억』을 출간하고 이후 프랑스로 귀국해 『프랑스사』(1943) 『프루스트 연구』(1948)를 발표했다.

이 밖에도 인생을 바라보는 혜안을 담은 에세이집도 여러 편 남겼다. 모루아는 폭넓은 역사 인문학적 지식을 가진 해박한 문학가였으며 픽션과 논픽션, 에세이 등 장르를 가리지 않고 왕성한 문필활동을 한 지식인이었다. 그의 에세이는 현대에도 꾸준히 번역되고 있으며, 여전히 독자들로 하여금 사색의 바다로 이끌고 있다. 1967년에 사망했다.

1) 『예기치 못한 일』을 읽으면 최근에 본 한국 영화 한 편이 생각나지 않아요? 배용준과 손예진 주연의 「외출」 말이죠. 거의 동일한 모티브에서 따온 것 같은데요.

: 저도 이 작품을 읽는 순간 그 영화가 먼저 떠올랐어요. 이 작품을 먼저 읽었더라면 원작 소설이 이 작품이란 걸 알아챘을 거예요. 영화는 한국이 배경이다 보니까 비행기 사고가 자동차 사고로, 그리고 두 사람의 직업이라든가 모든 것이 한국을 배경으로 구체화돼 나타났지만 전체적인 플롯은 거의 동일했어요.

: 「외출」의 두 주인공 반응이 너무 비현실적이라는 느낌도 있었는데, 『예기치 못한 일』을 읽고 나니까 이해가 가요. 영화에선 배우자의 배신 앞에서 아무리 좋은 사람도 모두 같은 이성 잃는 모습만 보였고, 그 상황이 마치 자연스럽고 당연한 듯이 느낀 것 같아요.

2) 이 작품은 감정이 극도로 절제돼 있고, 지극히 건조하고 무미하게 상황을 묘사하고 있어요. 극적 효과를 높이기 위한 어떤 노력도 하지 않은 이유가 있을까요?

: 아마 내용 자체가 다분히 선정적이고, 시대를 고려하면 상당히 쇼킹할 수도 있는 불륜의 주제여서 그런 것 같아요. 두 주인공이 비극의 주인공처럼 울고 괴로워하고 미친 듯 고통스러워 하다가 결합이 이뤄진다면 통속 드라마로 전락할 거 같은데요.

: 작품이 통속적이 되는 건 주인공이 울고 괴로워하는 것과는 무관한 것 같은데요. 작가의 입장에선 건조한 묘사가 주제를 그려내기에 적합하다고 판단해서인 것 같고요. 극도로 감정이 절제됐기 때문에 두 인물의 성격이 문학사에서 드물게 이성적이고 선량한 사람임을 잘 드러낼 수 있었던 것 같아요. 이 작품은 무엇보다 예기치 못한 우연과 이것이 필연으로 되는 과정에 대한 이야기이기 때문에 불륜이 주제라고 보긴 어려워요. 그러니 주인공의 비탄과 고통스러운 울음 같은 건 불필요했겠지요.

영화 「해리 포터」의 촬영지
글로스터 성당의 모습

비틀즈, 처칠, 맨체스터
유나이트를 찾아 봐!

사람들이 술을 마시거
나 휴식을 취할 수 있
는 영국의 pub

영국은 19세기에 산업혁명을
일으킨 나라. 당시 어린이들이
일하는 사진

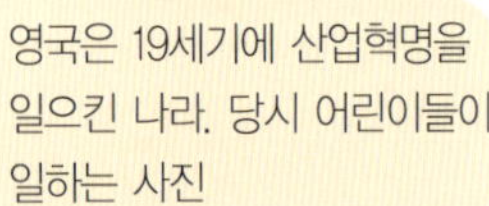

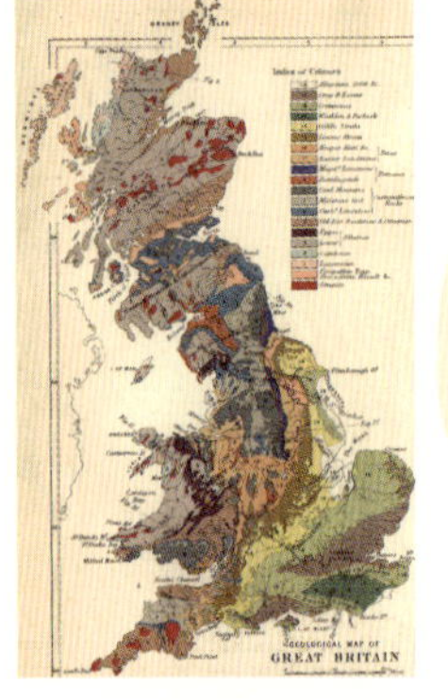

잉글랜드 · 스코틀랜드 ·
웨일스 · 북(北)아일랜드가
정치적으로 연합되어
이루어진 섬 국가

제인 에어의 작가인 샬럿 브론테가 살았던 영국의 요크셔 북동부 사진. 아름다운 자연이 살아 숨쉬는 곳이다.

02 제인 에어

제인 에어: 독립심 강하고 자의식 강한 여성으로서 냉혹한 외숙모의 슬하에서도 정직하고 바르게 살아간다. 열악한 학교 환경에서 공부를 모두 마친 제인은 18살에 가정교사로 일하게 된 손필드의 저택에서 만난 로체스터를 사랑하게 된다. 로체스터와의 신분 차이를 극복하고 결혼하려 하지만, 결혼식 직전에 그 저택에 감금된 로체스터의 미치광이 아내가 있음을 알게 된 제인은 그곳을 떠난다. 이후 친척으로부터 거액의 유산을 상속받아 부유해진다.

리드 부인: 제인의 외숙모로서 유명을 달리한 게이츠헤드 판사의 부인이다. 인정이라고는 아예 없는 모진 성격의 소유자로 고집 센 제인을 싫어해서 부당하게 학대한다.

헬렌 번스: 로우드 학교에서 만난 제인의 친구. 둘 사이의 우정 덕에 힘든 학교생활을 견디게 하지만 이 지역의 습한 날씨와 풍토로 인해 학교에서 발생한 치명적인 질병에 전염돼 그만 숨지고 만다.

로체스터: 성격이 거만하고 괴팍하지만 속마음은 따뜻하다. 제인의 솔직하고 건강한 모습에서 사랑을 느낀다. 그러나 그에게는 결혼한 아내가 있었다. 미쳐서 집안에 갇혀있다는 사실을 제인에게 숨긴 것이다. 제인이 떠난 뒤 손필드의 저택은 미치광이 아내가 저지른 불로 모두 타고 로체스터는 장님이 된다. 제인은 불구자가 된 채 폐허가 된 저택에 버려지다시피 홀로 남은 로체스터를 찾아가 그와 결혼한다.

　가난한 고아 소녀 제인 에어가 자신의 힘으로 독립적으로 살아가는 꿋꿋한 삶의 여정을 보여주는 이 작품은 19세기 영국사회라는 제한된 배경에서 창작됐지만 현대에도 여전히 도전적인 과제를 던지고 있다. 21세기인 지금도 우리 사회는 환경에 따른 여성 역할에 대한 고민과 자성을 계속하고 있다. 세상 일각에서는 아직도 여전히 남성 중심적 사회에서 상대적으로 불이익을 당하거나 정치 권력에서 소외되는 여성들의 투쟁이 여전히 계속되고 있다.

　주인공 제인의 다소 성급하고 과격한 성격은 교육의 힘으로 부드럽고 고상하게 다듬어지고, 좋은 사람들과의 사귐을 통해 점차 긍정적인 인성을 획득해 간다. 또한 신분 차를 뛰어넘는 사랑하는 사람과의 결합으로 맺는 결말은 인간의 보편적 감수성을 믿는

낭만주의적 정서에 부합한다. 이 작품은 성장소설이자 청춘소설의 하나로 분류된다.

작가는 소설 곳곳에서 개인의 상념이나 발언을 빌어 이 시대 여성의 현실을 신랄하게 성토하기도 하고 절규하기도 한다. 가난한 고아인 제인은 로이드의 교사, 손필드의 가정교사, 다시 모턴의 교사로 끊임없이 일해야 하는 처지에 있는 등 현실과 갈등하는 가운데 당대의 이상적인 여성상과는 대립적인 가치들을 구현한다. 제인은 독립적이고 열정적으로 현실에 임했으며, 억압에 대해서는 적극적으로 반항한다. 한편으로는 지배적인 남성과 현실로부터 인정받고 싶은 욕구 또한 강하게 드러낸다. 이것은 작가 샬럿 브론테의 욕구이기도 하다. 제인은 이 두 가지 모순된 충동을 강렬하게 드러내며 특유의 성격을 형성하고 있다.

손필드의 로체스터는 제인에게 관례를 무시하고 관심을 보이며 이것이 제인을 억압적인 여성의 역할과 사회규범으로부터 해방시켜 준다. 그러나 둘 사이의 열정에도 불구하고 주인과 가정교사라는 상하 관계가 두 사람의 사랑에 투사되고, 이들 간의 성적 불평등은 계급 차이로 인해 더욱 심화된다.

제인과 로체스터가 평등하게 만나게 하기 위해 브론테는 제인이 막대한 유산을 상속받게 하여 경제적으로 평등하게 만들고, 미치광이 부인 버서를 죽게 하며, 로체스터를 불구로 만든다. 이로써 브론

제인은 독립적이고 열정적으로 현실에 임했으며, 억압에 대해서는 적극적으로 반항하는 한편 지배적인 남성과 현실로부터 인정받고 싶은 욕구 또한 강하게 드러낸다.

테는 평등한 남녀 관계를 이루고자 하는 욕망과 외부적인 제약 사이에 존재하고 있는 갈등을 해결한다. 그러나 이 부분에 대해서는 둘의 결합이 완전한 화합이 아니라 제인의 이상이 아내의 권위를 획득하는 것으로 현실화함으로써 브론테의 소원성취적 환상이라는 비판도 있다.

그러나 여전히 부정할 수 없는 이 작품의 가치는 차별 받는 여성의 처지에 대한 각성을 일깨우고 여성의 주체성과 독립심에 대한 가치 부여로 당대의 편협함을 비판했다는 점이다.

고백체로 이뤄진 이 소설은 화자로서 제인이 자신의 고뇌를 생생하게 묘사하면서도 냉철하게 거리를 두는 데 성공했다. 제인은 화자에 의해 늘 자리매김 되고 있으며, 이로 인해 그녀의 반항이나 선택은 설득력을 갖는다. 브론테는 이러한 제인의 반항과 선택을 통해 당시 사회가 강요하는 여성다움이 자연스럽고 보편적인 것이 아니라는 것을 보여주고, 당대의 이념을 뛰어넘는 새로운 주체성을 형상화하고 있다.

자유와 변화를 열망하고 여성이 엄격한 속박에 시달리는 것을 개탄하던 선구적인 여인의 목소리는 작가의 것이기도 하다. 소설이 고백체인 점과 주인공 및 브론테 사이에서 발견되는 공통점들 때문에 다른 몇몇 작품과 함께 자전적이라는 평가를 받고 있다.

페미니즘은 기존의 남성중심주의 사회에서 부당하게 박탈당했다고 여겨지는 여성의 정치적, 사회적, 법률적 권리의 확장을 주장하는 주의나 주장을 말한다. 18세기 영국의 메리 울스턴크래프트가 쓴 『여성권리의 옹호』는 페미니즘을 주장한 최초의 저작물이며, 여기에서 그녀는 중산계급 여성의 정신적 경제적 자립을 주장했다. 그러나 페미니즘은 명확한 이론체계가 있는 것이 아니라 시대와 나라에 따라 여러 형태로 나타난다.

문학작품 안에서의 페미니즘도 국가나 시대, 정치적 배경에 따라 다양하게 나타나지만. 보편적으로 근대 이전에 상대적으로 취약하던 여성의 입지에 대해 반발하고 그 부당성을 제기한다.

이 작품은 본격 페미니즘 문학으로 볼 수는 없으나 페미니즘적 요소가 풍부한 작품으로 볼 수 있다. 남성의 도움 없이 자립해 살아가는 건강한 여성 제인의 모습을 통해 항상 남성에 의해 선택되고 그들의 사랑을 받는 것으로 가치가 정해지던 중세 여성의 모습과는 사뭇 다른 여성상을 그려내고 있기 때문이다. 제인은 생존의 문제도 스스로 해결했을 뿐 아니라 로체스터의 구애에 의해 그와 결혼을 성취한 것이 아니라 불구가 되고 파산한 그를 스스로 찾아가 결혼한다. 이전의 문학작품에서 언제나 아름다운 여성이 지위가 높은 남자나 지위는 낮지만 재능 있고 잘생긴 남자에게서 구혼을 받아 결혼하는 수동적 모습과는 차별적이다. 이런 시도만으로도 『제인 에어』는 다분히 페미니즘적이다.

『폭풍의 언덕』 저자 에밀리 브론테의 언니인 샬럿 브론테는 영국에서 부목사인 아버지와 문학에 조예가 있는 어머니의 셋째 딸로 태어났다. 어머니는 막내를 낳은 이듬해에 숨을 거두고 아버지는 재혼을 하지 않아 샬럿 남매들은 이모의 보살핌 속에서 외롭게 자랐다.

샬럿이 여덟 살에 두 언니 및 동생 에밀리와 함께 목사 자녀들에게 학비가 감면되는 코언 브리지라는 기숙학교에 입학한다. 학교는 습지대에 위치해 건강에 좋지 않았고, 급식은 빈약했으며, 교육은 엄격하고 편협했다. 이런 환경에서 급기야 두 언니가 폐병으로 숨졌다. 이로 인해 아버지가 급히 샬럿과 에밀리를 집으로 데려왔으나 가족의 죽음은 이들에게 커다란 충격이었다.

이 작품 속에서 최악의 교육 여건으로 묘사된 로드 학원이 바로 그녀가 수학한 코언 브리지를 연상시킨다. 샬럿은 다시 로헤드라는 학교를 다니며 학업을 계속했고, 생활 수단으로 가정교사 노릇을 하며 문학에 심취했다. 『제인 에어』를 발표하며 절찬을 받고 큰 호응을 얻었으나 몇 년 후 남동생과 에밀리, 막내 동생 앤마저 연이어 사망했다.

그녀의 생애는 많은 좌절과 어머니 및 형제들의 죽음으로 고통스러웠다. 이런 인생의 시련이 제인처럼 강인하며 불같은 정열을 품은 인물을 창조했다. 그리고 그 인물로 하여금 행복하고 안일한 일생보다 외롭고 고단하지만 스스로 선택하는 삶을 살아가게 했다.

이것은 그녀의 다른 소설에서도 강렬한 개성과 정열과 반항심으로 고독과 싸우며 고난의 생을 살아가는 강한 의지의 인물을 자주 그린 경우로 나타난다. 이것은 19세기 영국 여성의 굳센 이상주의를 나타낸 것이기도 하지만 과도기 근대 여성의 자아 각성을 입증하는 것이었다. 1854년 샬럿은 아버지 교회의 부목사였던 남성과 결혼하지만, 한 해 뒤 샬럿은 병을 얻어 39세의 나이로 세상을 떠났다.

제인 에어가 자신이 원하는 남자와 결혼을 통한 사랑의 성취로 자유로워졌다면, 브론테를 자유롭게 한 것은 결혼보다 창작의 의지였을 것이다. 제인은 로체스터와 결혼하지 못했다면 아마도 작가가 됐을 것이다. 당대의 현실에서는 제인 같은 여성이 자기 재능을 펼쳐 보일 장이 지극히 제한돼 있었기 때문이다.

1) 이 작품에서 가장 인상적인 장면을 이야기해 볼까요?

: 둘이 좋아하게 되는 건 솔직히 예측 가능했기 때문에 전혀 신선하지 않았어요. 자존심 강하고 고집 센 불우한 여성과 성격이 괴팍하고 신분이 높은 남자간의 사랑은 많이 본 설정 같기도 하고요. 그런데 후에 상황이 완전히 달라져서 제인이 오히려 부자가 되고 로체스터는 시력을 잃은 상태에서 둘이 결합하게 되는 것은 인상적이었어요. 그때는 둘이 역전된 관계인 듯하지만 애초에 둘 사이엔 신분의 장벽 없는 사랑이 있었기 때문에 이 관계는 어떤 현실적 조건에도 흔들리지 않는 사랑의 결실이지요.

: 사랑의 결실이 결혼으로 맺어진다는 게 진부하긴 해도 당시 시대 상황을 헤아린다면 상당히 진보적인 관념을 보여주고 있어요. 또 제인의 당찬 인생 자체가 여성 독자들에게 카타르시스를 주었을 것 같아요. 그러나 로체스터가 불구의 몸이 되고, 제인이 부자가 되고 나서야 둘의 결합이 가능해지는 건 작가가 극복하지 못한 한계 같아요. 어떤 여성도 제인처럼 갑자기 부자가 될 수도 없고, 또 남자가 불구가 되어야만 그를 사랑한 게 신분 상승을 위한 것이 아닌 진정한 사랑이 된다고 하는 설정은 억지가 아닐까요.

2) 예전 시대의 여성은 현대의 우리와 다른 많은 제약 속에서 살았어요. 그 제약이란 건 신분제 사회에서 반드시 여성에게만 국한된 것도 아니지만 사실 여성이기 때문에 이중적이고 복합적인 제약이 있었던 게 사실이에요. 어떻게 생각하세요?

: 여성은 신분이 높아도 그 나름대로의 제약 속에서 살았지요. 신분제의 문제가 아니라 성에 따른 사회적 요구가 다른 게 근본적인 문제이고, 이런 의미에서는 낮은 계급의 여성의 삶이란 더욱 어려울 수 밖에 없었겠지요. 제인 에어는 페미니즘적 관점에서만 가치가 있는 것이 아니라 자신의 힘으로 운명을 개척한 한 개인의 입지전이라는 의미에서 현대의 청소년에게도 교훈적이에요.

: 신분 상승은 여성의 경우 그래도 기회가 있지 않나요? 남성은 타고난 신분을 결코 넘어서지 못하는 반면 여성은 귀족과의 정식 결혼을 통해서 제도권 안으로 편입하고 완벽한 결합을 이룰 수 있는 거잖아요. 작가가 제인을 기어이 결혼을 시키기 위해 전처를 죽게 한 것도 바로 그런 여성의 로망을 실현시킨 게 아닌가 하는 거지요. 낭만적 사랑만으로는 부족했기에, 제도의 용인 안에서 결합이 이뤄지는 결혼을 택한 게 그것이죠. 그걸 극복하는 것은 남녀 차별을 타파하는 것보다 더 미묘한 문제인가 봐요.

프랑스는 어떤 나라?

　프랑스는 지형이 낮고 평활하다. 일반적으로 북서쪽은 완만한 경사면으로 이뤄져 있고 남동쪽은 험한 벼랑이 이어져 피레네 북쪽 기슭을 제외하고는 비대칭 능선을 이루며, 동시에 중요한 분수계를 형성하고 있다. 기후는 여름에 저온 습윤하며 겨울에는 맑은 날씨의 혹한이 찾아온다.

　제1차 세계대전 때는 전 국토가 전쟁터가 돼 전승국 가운데 가장 심각하게 내전의 참화를 입은 프랑스는 패전국 독일에 가혹한 강화 조건을 요구해 알자스 로렌의 철공업 지대를 회복하고 막대한 배상금을 받아내려 했다. 『마지막 수업』의 배경은 바로 이 알자스 로렌 지방이었다. 제2차 세계대전 후 인구 증가와 함께 농업국에서 공업국으로 변모하면서 선진국 대열에 진입했다.

　한편 세계적으로 알려진 문화의 나라 프랑스의 문화는 켈트, 그리스, 로마, 게르만 요소들이 복합된 고대문명에서 유래한다. 근세 르네상스 시대부터 유럽문화의 중심이 된 프랑스는 현재 5,000개 정도의 박물관이 있으며, 주로 파리에 집중돼 있다. 이 중 루브르 박물관과 오르세 미술관이 유명하다.

파리에 있는 에펠탑과 루브르 박물관은
프랑스를 상징할 정도로 유명하다.
많은 유럽인들과 관광객들로 항상
북적이는 곳이기도 하다.

세계 명작 여행 승차권

1. 명작 이름: 「이방인」
2. 명작 국가: 프랑스
3. 명작을 만든 사람: 알베르 카뮈

03 이방인

『이방인』 캐릭터 한눈에 살펴보기

뫼르소: 어머니의 죽음에도 별다른 슬픔을 못 느끼는 냉담한 성격이지만 사회적으로 문제를 일으키지는 않는다. 그는 직장에서도 성실했고 이웃에게도 친절한 편이었다. 그러나 사람들의 몰이해 때문에 극도의 냉담함과 잔인성을 가진 사람으로 오해되고, 이 결과 우발적인 살인 사건에 대해 고의적이었을 거라는 추측으로 사형선고를 받는다. 그는 그다지 나쁜 일이 아니라고 여기는 이 사회의 관습으로부터 유리되고 이질적인 이방인이다.

레이몽: 보통의 사람이라면 기피하는 뫼르소의 평판 나쁜 이웃. 레이몽은 뫼르소를 진정한 친구로 여기지만 그의 존재는 뫼르소에게 훨씬 나쁘게 작용하기만 할 뿐이다.

마리: 뫼르소의 여자 친구. 자신을 사랑하지 않는다고 말하는 뫼르소가 감옥에서 나오면 결혼하고 싶다고 말하는 순수한 여성. 그러나 그에게 해줄 것이 없다는 것을 깨닫고 슬퍼한다. 뫼르소와 영화를 보고 해변가에서 보낸 하루가 문제가 돼 이 일로 오히려 뫼르소를 더 불리하게 만들었기 때문이다.

셀레스트: 뫼르소의 이웃으로 피부병 투성이 개를 욕하며 데리고 다니지만 그 개를 잃고 나서 슬픔에 빠진다. 뫼르소는 그의 한탄을 들어준다.

변호사: 뫼르소가 연관된 살인 사건이 변호하기에 무척 까다롭다고 생각할 뿐 뫼르소에 대한 이해가 없고 노력조차 하지 않는다. 이 사람 역시 배심원이나 재판장과 마찬가지로 지극히 상식적인 사람이다.

　평범한 회사원인 뫼르소는 어머니의 장례 다음날 여자 친구와 해수욕을 하고, 영화를 보고, 하룻밤을 지낸다. 그는 우발적으로 아라비아인을 사살하고 재판에 회부돼 왜 죽였느냐는 재판장의 질문에 '태양 때문' 이라고 대답한다. 그는 재판 과정에서 전혀 자신을 변호하려 들지 않았고 죄를 뉘우치느냐는 질문에 귀찮다고 대답한다. 사형을 판결 받고서 그는 재판도 세상도 모두 부조리한 것을 깨달으며 신부의 접견도 거부한 채 형 집행을 기다린다.

　사실 이 작품은 단순한 이야기로는 이해하기가 쉽지 않은, 독자를 어리둥절하게 만드는 작품이다. 뫼르소의 살인은 우발적인 사건이었다. 그는 친구인 레이몽이 '쏠까?' 했을 때 오히려 만류하며 권총을 빼앗았다가 우연히 다시 아라비아인과 마주쳐서 대치 끝에 사살

사람은 누구나 유무형의 사회적 역할을 부여받아 거기에 맞춰 행동하고 사고하기를 강요받으며 살아간다. 여기에서 발생하는 부조리를 극복하는 해결책은 어쩌면 부조리로써 반항하는 방법밖에 없을지도 모른다.

하게 된다. 그러나 그는 법정에서 방관적 태도로 자신에게 불리한 발언을 서슴지 않았다. 재판에서는 살인이 계획적이냐, 우발적이냐에 따라 유죄와 무죄가 판가름나기도 하고 형량에도 많은 차이가 난다. 그러나 뫼로소가 어머니의 장례식에서 보인 냉담한 태도가 결정적으로 불리하게 작용돼 사형을 언도받는다.

미군 장갑차에 치인 우리나라 두 소녀의 죽음에도 불구하고 미군 중 누구도 처벌받지 않고 무죄 평결이 났다. 단순한 사고였을 뿐 전혀 고의성이 없다는 것이 이유였다. 명백히 과실에 의한 사고임에도 불구하고 '고의성 없음'에 무게를 둔 판결이었다. 이것이 절대적으로 편파적이고 부당하기 짝이 없는 판결인 것처럼 뫼르소의 사형 선고는 지나치게 가혹한 것이었다.

검사는 사건에 대해 제멋대로 해석과 재구성을 해보이며 배심원들의 공감을 끌어내려 하고, 변호사는 뫼르소에 대한 이해가 전혀 없는 상태에서 이 사건을 자신에게 맡겨진 어려운 과제의 하나로 생각하고 변론을 펼친다. 변호사는 직업 때문에 뫼르소의 변호를 맡았을 뿐, 뫼르소에게 사형 선고를 내린 배심원이나 검사와 관념적으로나 의식적으로나 하나도 다를 바 없는 인물이다. 자신과 아무 상관없이 진행되는 재판 과정 속에서 뫼르소는 세상에서 인간이 처한 상황의 부조리성을 의식하고 상고도 포기한 채 사형선고를 받아들이는 것으로 세상의 부조리에 반항한다.

이렇듯 알베르 카뮈는 부조리를 해결하지 않고 그것에 반항함으로써 극복하려고 한다. 해결될 길 없는 부조리에 반항할 수 있는 힘은 인간의 생명이며, 부조리를 극복하는 힘도 인간의 생명이라고 생각하는 것이다.

사람은 누구나 유무형의 사회적 역할을 부여받아 거기에 맞춰 행동하고 사고하기를 강요받으며 살아간다. 이것은 관습이라는 이름으로 인간의 역사 속에서 반복된다. 이를테면 조금도 슬프지 않더라도 어머니 장례식에서는 하루쯤 고생스럽게 밤샘을 하고, 삼갈 것은 삼가고, 어느 정도 근신 기간을 두고 여자 친구를 만나야 한다는 것 등이 일반적으로 요구된다.

뫼르소는 이런 사회의 요구에 전혀 개의치 않고 살아가는 사람이지만 이웃에게 해를 전혀 끼치지 않는 선량한 사람이다. 외로운 살라마노 노인의 하소연을 들어주며 평판 나쁜 레이몽에게도 친절했다. 그러나 사람들의 편견은 그를 비정하고 잔혹한 인물로 왜곡한다. 그는 단지 남들과 조금 다르게 행동했다는 이유로 사람들이 자신에게 느끼는 증오를 이해하지 못하지만 사형 선고를 받은 지금도 그다지 불행하지는 않다고 생각하는, 사회적 관습과 상식에 있어서의 이방인이었다.

실존주의는 무엇일까?

　실존이란 말은 원래 철학용어로서 어떤 사물의 본질이 사물의 일반적인 본성을 의미하는데 대해, 사물이 개별자로서 존재하는 것을 의미한다. 실존주의는 의식에 비치는 대로의 존재, 특히 인간적 존재의 양태를 분석함을 출발점으로 삼은 모든 방법적 고찰을 통틀어 지칭하는 용어이다. 그러나 1940년대에 이르러 비평이나 일상어 중에 당대에 가장 상징적이며 강력한 문학적 조류를 가리키는 말로 사용됐다.

　또한 실존주의 문학가인 장 폴 사르트르와 알베르 카뮈 모두 신의 죽음을 가정의 출발점으로 삼고 세계와 인생의 우발성, 허무를 검증하며 그 속에서의 인간적 고뇌를 표현했기 때문에 실존주의가 허무주의나 무신론과 혼동되기도 했다.

　그러나 이후 실존 문학은 사르트르가 던진 사회 참여의 구호와 카뮈의 반항인적 기치를 내걸고 허무주의를 뛰어넘어 새로운 휴머니즘으로 재건의 길을 모색했다.

알베르 카뮈는 1913년 당시 프랑스 식민지인 알제리 콘스탄틴 주의 궁핍한 노동자 가정에서 태어났다. 그나마 그의 출생 1년 만에 아버지가 제1차 세계대전에서 전사하자 극도의 빈곤 속에서 어렵게 성장했다. 그는 가난했으며 세상을 일찍 떠난 아버지에게서 살아가는 데 필요한 아무런 정신적, 물적 유산을 받지 못한 채 불운했지만 드물게 언제나 좋은 선생님을 만나 은혜를 입었다.

초등학교 시절 교사 제르맹에게서 많은 영향과 가르침을 받은 카뮈는 나중에 노벨 문학상의 영광을 스승 제르맹에게 바쳤다. 이후 고등중학교 시절에는 프랑스의 저명한 문학가이자 철학자인 장 그르니에를 스승으로 만나 문학에 관심을 갖게 됐다.

인간 속에는 받을 것이 경멸보다 찬양이 더 많이 있다고 믿은 카뮈는 그러나 어려서부터 빈곤과 병고를 겪으며 살아가야 했다. 카뮈는 삶에의 절망 없이는 희망도 없다는 인식을 바탕으로 인간은 반항하고 싸우며 살아가야 한다는 '부조리 철학'을 설파했다. 그는 전쟁과 사형에 반대했으며, 특히 전쟁에 의한 인간의 대량학살이나 사상범의 극형에 반대한 정치적 활동가이기도 했다.

청년기에 그는 알제의 공산당에 입당해 노동극단을 만들기도 하고 신문기자로 입사한 뒤 작품 활동을 본격적으로 시작했으며 이후

엔 교사생활을 했다. 그의 저작 중 첫 번째 작품인『이방인』과 철학적 에세이『시지프스의 신화』를 통해 '부조리 철학'을 생생하게 표현했으며, 이 두 작품은 사르트르의 칭송으로 더 유명해졌다. 그러나 이후『반항적 인간』을 출간해 사르트르와 사상적, 정치적 논쟁이 벌어져서 두 사람은 결별한다. 1953년 동베를린에서 일어난 폭동에서 카뮈는 폭동 민중을 옹호했으며, 이후에는 정치활동에서 물러나 연출가로 복귀했다.

그러나 3년 뒤 헝가리 봉기가 일어나자 카뮈는 당시 소련을 격렬하게 비판했다. 1957년에 노벨 문학상을 받는 영광을 누렸으나 1960년 파리에서 자동차 사고로 사망했다.

그의 생애는 이처럼 본인의 어려웠던 시절을 기억하는 만큼, 정치적으로 소외된 민중의 생활에 늘 관심을 가졌으며 가능한 한 모든 정치적 활동을 마다하지 않은 행동하는 지성인이었다.

1) 부조리를 이해하기 어려운 철학적 개념이라 생각하지 말고 일상적으로 일어날 수 있는 부조리한 정황에 대해 이야기해 볼까요?

: 일반적으로 학생들에게는 단정한 복장과 두발 상태가 학생다움의 조건으로 요구돼요. 그런데 한 학생이 목격자도 없는 거리에서 자기 생명이 위협받고 있음을 느끼고 있는 상황에 처해 우발적으로 사람을 다치게 한 사고가 발생했다고 가정해 봅니다. 그런데 배심원들은 이 학생이 학업 성적이 나쁘고, 머리 염색을 심하게 했고, 찢어진 청바지를 입었다는 이유로 불량학생이라고 판단해서 사건을 고의로 저질렀을 것이라고 단정하는 거지요.

: 그건 정말 무서운 일이지만 이러한 사건을 두고 부당하다고 하지요. 그런 상황 속에서 뫼르소처럼 행동하면 세상의 부조리에 부조리한 방식으로 반항하는 것이지만 만약 일상에서 일어난 현실이라면 결코 바람직하지 않아요. 사건 당시 자기 행동의 원인과 감정 상태를 배심원과 재판장에게 성실하게 알릴 의무가 있잖아요. 그게 진실이니까요. 부조리는 인간 실존의 문제여서 일상에서의 부조리를 이야기하기란 불가능한 것 같아요.

2) 뫼르소가 만약 관습적인 인간이었다면, 그래서 법정에서 상식적인 행동을 했더라면 어떤 선고를 받았을까요? 또 사람들이 뫼르소를 이해하지 못했다고는 해도 그가 사람들의 미움을 받은 이유는 무엇일까요?

: 그가 보통 사람이었다면 자기를 변호하기 위해, 또 사실이 그러하니까 살인은 우발적이었으며 갑작스런 충동을 자제하지 못한 사고였다고 했겠지요. 그리고 어머니의 빈소에서 보인 것도 자신은 무척 피곤했고 그래서 밀크커피 한 잔을 마시긴 했어도 그 정도 실수야 누구나 할 수 있는 것이라고 변명했겠지요. 이웃 영감이 그가 무척 다정한 이웃이었다고 증언해주고 그것을 배심원들이 믿었다면 선고 결과는 결코 사형으로 나지는 않았겠지요.

: 사람들이 뫼르소를 미워한 건 그가 낯설었기 때문이죠. 그의 태도는 살고자하는 본능을 가진 인간 모습이 아니고 방임함으로써 반항하는 태도였기 때문에 이 시점에서 증오가 촉발된 것 같아요. 뭔지 위험하고 불온하게 여겨졌을 것 같아요. 사실 역사적으로 보면 조금 이상하고, 관습적이지 않고, 자신의 상식에서 조금이라도 어긋나게 행동하는 사람을 미워한 정황은 아주 많잖아요. 사회적 관습에서 보면 이단적일 뿐 범죄가 아닌 행동마저 처벌받은 역사는 많은 것 같아요.

1789년부터 1799년까지 프랑스에서 일어난 프랑스 대혁명

프랑스의 무역항이며 대도시 중에 하나인 마르세유

베르사유 궁전과 유네스코 세계문화 유산으로 지정된 몽쉘미셀

프랑스는 포도밭 총 면적 94만ha, 생산량 655만㎘, 1인당 소비량 59.84ℓ 인 시계 최대의 와인국가이다.

프랑스에서 아름답기로 소문난 지역, 리옹의 전경. 그리고 『노트르담의 꼽추』의 배경이 되는 노트르담 성당의 사진.

04 어린왕자

『어린 왕자』 캐릭터 한눈에 살펴보기

어린 왕자: 순수한 어린아이의 모습을 하고 있지만 어른보다 사유가 깊고 사물에 대한 관찰력과 이해력이 뛰어나 어린아이의 모습을 빌린 성인으로 보아도 무방하다. 사랑하는 장미꽃과의 갈등을 처리하는 장면에서는 더욱 아이보다는 어른의 심성에 가깝다.

장미: 남성의 눈에 비친 연인의 모습에 가깝다. 허영심 많으며 자신이 특별한 취급을 받길 바라는 무모한 교만, 근거 없는 자존심 같은 것은 남성 작가의 눈에 포착된 연인의 모습이다.

비행기 조종사: 어린 왕자가 여행 중에 지구에서 만난 사람. 점점 어린 왕자를 이해하게 되고 사랑하게 된다. 여느 다른 별의 사람들과 달리 어린 왕자와 충분히 교감하는 유일한 인물. 이 작품의 화자.

여우: 사랑이란 서로를 길들이는 것이며 그 사랑이 어떻게 서로에게 유일무이한 존재가 되는지를 어린 왕자에게 가르침을 준다. 어린 왕자는 여우를 통해 자신과 장미의 관계에 대한 답을 얻고 자기 별로 돌아갈 결심을 한다.

동심의 눈으로 본 세상 모습과 사랑의 본질

이 작품은 순수한 아이의 시선으로 세상을 바라보는 철학적인 동화이다. 많은 사람이 자기만의 별에서 저마다 중요한 일을 하지만 어린 왕자의 눈에는 모두가 무익하고 재미없기만 할 뿐이었다. 세상을 다스리는 일이나 소유에 대한 부질없는 욕심, 남들에게 보이고자 하는 허영심이나 학문에 대한 집착마저 모두가 부질없는 일이기만 하다는 메시지가 들어있다. 그리고 이 모든 것들은 사실은 세상 사람들이 그토록 갈망하는 것이다.

이러한 모든 헛된 일에 몰두하는 어른들의 모습에서 실망하던 어린 왕자에게 그래도 가장 공감을 불러일으킨 것은 '가로등지기'의 별이었다. 가로등지기의 고단한 삶은 사실은 금세기를 살아가는 노동자의 모습이다. 의무적으로 날마다 반복되는 같은 일을 하면

눈에 보이는 것만이 전부는 아니다. 어떤 존재가 아름답다 함은 그 안에 소중한 의미를 지니고 있기 때문이다. 어린 왕자가 이해하지 못한 이상한 어른들의 모습은 세속적 삶을 살아가는 바로 우리 자신이다.

서 생활을 영위하며 살아가는 것은 일반적인 사람들의 성실한 생존의 모습이다. 작가는 그렇게 육신을 가진 사람들의 생존방식을 측은하게 바라본 것이다.

사막이 아름다운 것은 어딘가에 우물을 숨기고 있기 때문이고, 별들이 아름다운 것은 꽃 한 송이씩을 가지고 있기 때문이라는 메시지는 작가가 전하려고 하는 중요한 주제다. 눈에 보이는 것만이 전부가 아니며 어떤 존재가 아름답다는 것은 그 안에 소중한 의미들을 지녔기 때문이다. 작품 속에서 비행기 조종사와 어린 왕자, 장미, 여우는 분명 서로 사랑하는 존재를 가졌음에도 너무나 외롭다. 이것은 작가가 전쟁이라는 비인간적 죽음이 난무하는 특별한 상황 속에서 이 작품을 썼기 때문일 것이다. 전쟁에서는 어떤 인간적인 소통도 불가능했으니, 그는 오로지 혼자 사색하며 상황을 견뎌냈을 것이다.

어린 왕자의 별나라 여행은 세상 구경이었다. 세상에 존재하는 여러 유형의 사람들을 만난 것이 진정한 자신의 사랑을 통찰하고 이해하는 통로가 됐다. 어린 왕자가 이해하지 못한 이상한 어른들의 모습이란 바로 세속적 삶을 살아가는 세상 모든 사람들, 즉 우리 자신의 모습들이다. 조종사는 어린 왕자를 이해하고 사랑하지만 헤어지지 않을 수 없고 어린 왕자가 사랑한 꽃은 무의미한 투정과 허영심으로 어린 왕자를 지치게 했지만, 이러한 모습마저도 자신이 사랑해야할 존재의 일부일 수밖에 없다는 자각과 함께 자기 별로 돌아간다.

자기 별로 돌아가는 모습이 소설 속에서는 죽음의 형태로 그려지지만 사실은 죽음이 아니라 육신을 버리고 자기가 속한 곳으로 돌아갈 뿐이라는 설정은 보다 철학적인 사유를 필요로 하는 장면이다.

이 작품의 시간과 배경은 현실의 것이 아니고 상상 속에서나 가능한 세상이다. 그러나 어린 왕자가 여행 중에 여러 별에서 만난 어른들의 모습은 바로 현실을 살아가는 사람들의 모습이다. 작가는 사람들이 무엇이 소중한지 모르거나, 잊은 채 의미 없는 행동만 반복하는 어리석은 모습으로 그렸다. 작품 속에서 어린 왕자가 별들 사이를 이동하는 수단은 무엇을 이용했는지, 한 사람이 겨우 서 있는 공간밖에 없는 별들에서 임금님이나 허영쟁이가 무얼 먹고 사는지는 전혀 설명이 되지 않는다. 그것은 이 작품이 현실적인 조건에 대해 염두에 두지 않은 동화적이고 환상적인 시공간을 선택했기 때문이다. 어린 왕자가 자기 별로 돌아가는 방법도 조종사 아저씨의 비행기를 타고 돌아간다는 식의 현실적인 방법을 택하지 않고 뱀에 물려 죽는 것으로 처리된다. 그만큼 이 소설은 특별한 시간과 공간 속에서 현실적 조건들을 초월한 채, 어린 왕자와 다른 사람들의 대화를 통해 이야기를 이끌어 나간다. 이 작품 속의 세상을 작가가 동화적이고 환상적인 세상으로 설정해 구체적인 현실

문제를 무시한 까닭은 이것이 선명한 메시지를 전달하는 것에 보다 효과적이기 때문이다. 배경은 단순히 사건이 벌어지는 공간의 역할만 하는 것이 아니라 주제를 드러내는 방식이기도 하는데, 주로 대화를 통해 메시지를 전달하려는 작가의 의도에 이 방식이 부합하기 때문이다.

휴머니즘 문학가, 생텍쥐페리

1900년 프랑스에서 태어난 앙투안 드 생텍쥐페리는 소설가 이전에 본래 직업이 비행기 조종사이다. 중편소설 『비행사』를 발표하면서 작가 생활을 시작했다. 14살 때 제1차 세계대전을 겪은 생텍쥐페리는 전투기 조종사로서 제2차 세계대전을 몸소 겪으면서 전쟁 중에 사망한, 작가로서는 다소 특별한 이력을 지녔다. 『어린 왕자』는 전쟁 중에 집필되고 출간됐다. 더욱이 『어린 왕자』의 화자가 비행기 조종사라는 설정은 작가 자신이 많이 반영됐다는 의미다.

생텍쥐페리는 열일곱 살에 대학입학 자격시험에 합격한 뒤 1919년까지 보쉬에 고등학교와 생루이 고등학교에서 해군사관학교 입학시험을 준비했으나 구술시험에서 실패하고 보자르라는 미술학교 건축과에 들어가 15개월간 공부했다. 『어린 왕자』에 나오는 환상적인 삽화를 직접 그린 것은 이때의 수학 경험으로 설명될 수 있다. 1923년에 바레스 장군이 그를 공군에 배속시키려 했으나 생텍쥐페리의 약혼녀 집에서 반대하는 바람에 소위로 제대했으며 결국 파혼을 맞고 그는 우편비행을 담당하게 됐다. 이때 좌절한 사랑의 경험은 소설 『어린 왕자』 안에서 허영심 많고 까다로운 장미와의 관계를 통해 표출된다. 어린 왕자가 장미와의 갈등으로 별을 떠나 여행을 결심했듯이, 생텍쥐페리의 글쓰기는 상처로 남은 사랑에 대한 고통의 기록일지도 모른다.

1933년 『야간비행』을 발표하고 그해 말 페미나 문학상을 받았으며, 1942년 『어린왕자』가 출판됐다. 1944년 출격했다가 독일군 정찰기에 격추됨으로써 44세로 요절했다.

1) 어린 왕자가 자기 별로 돌아가는 것으로 소설이 끝나는데 그 이후의 일들을 자유롭게 상상해서 말해 볼까요?

: 꽃을 만났을 것 같아요. 아마 꽃은 예전 모습으로 있지는 않을 테고 씨앗이 돼 어린 왕자를 기다리고 있었겠지요. 어린 왕자는 새로 꽃을 피우는 것을 도와줬을 거예요. 그리고 다신 다투지 않았을 것 같아요. 여우와 그랬던 것처럼 꽃과도 서로 길들이게 된거죠. 아니 사실은 꽃과도 이미 세상에 하나뿐인 소중한 존재로 길들여져 있는 관계였지만 그걸 깨달은 것은 여행이 끝난 다음이었고 그래도 늦지 않았다는 거죠.

: 꽃도 어떤 중요한 것을 깨쳤을 것 같아요. 이미 어린 왕자가 떠나기 전에 유리병을 벗겨달라고 했거든요. 이별의 순간에 자신에게 진정으로 소중한 존재를 깨달은 거죠. 그리고 자신의 부질없는 허영심에 대해서도 자각한 거고. 그러니 어린 왕자는 여행을 통해 성숙해져 돌아왔지만 남아있는 꽃도 나름대로 이별을 통해 성숙해져 있을 것 같아요.

2) 어린 왕자가 여행한 별에서 만난 사람들에 대해 이야기해 볼까요?

: 임금님은 아무 의미 없는 위엄과 허세로 가득 찬 사람이고, 허영쟁이 역시 혼자서만 잘난 체하며 생을 낭비하는 사람이에요. 지리학자는 정작 자기 별의 지리조차 살피지 않으면서 책상 머리에 앉아 기록만 하는 사람이었어요. 주정뱅이는 자신의 현실을 외면하고 도피하는 사람이고요, 사업가는 진정한 소유의 의미나 기쁨을 모른 채 욕심만 가득해 무의미한 계산만 했고요. 가로등지기만이 유일하게 불을 켰다 껐다 하는 수고를 하는 사람이지요. 어린 왕자가 유일하게 마음에 든 사람이지만, 전 그가 오히려 불쌍하다고 느껴졌어요.

: 그 불쌍한 모습이 바로 우리 인생의 한 단면이기도 하지요. 사실 언급된 모든 유형의 사람들이 우리 현실에서 흔히 만날 수 있는 사람이기도 하면서 또 우리 일부분을 차지하는 모습이기도 해요. 어린 왕자가 별을 여행하면서 만난 사람들은 이 세상 사람들의 허망한 삶의 모습이에요. 삶의 진실에 가까이 간 이는 여우와 조종사인데, 그래서 사람들이 인생에서는 진정한 친구 하나 찾기가 어려운 건가 봐요.

아름다운 니스의 풍경과 해변은 프랑스 사람들에게 최고의 휴양지를 선물한다. 프랑스 사람뿐만 아니라 많은 유럽인, 각국의 많은 관광객을 불러모으는 곳이기도 하며 레드의 작가 서머싯 몸이 살았던 곳이다.

세계 명작 여행 승차권

1. 명작 이름: 「레드」
2. 명작 국가: 프랑스
3. 명작을 만든 사람: 윌리엄 서머싯 몸

05 레드

레드: 선원인 아름다운 백인 청년. 원주민 처녀 샐리와 사랑에 빠진다. 그러나 이 둘 사이의 약속은 세월 앞에서 무력하게 잊혀지고, 천박하게 늙은 모습으로 우연히 그 섬에 돌아와 네일슨으로부터 자신의 옛 사랑에 대해 무신경하게 듣고 있다.

샐리: 건강하고 아름다운 원주민 처녀. 언어가 통하지 않는 레드를 사랑하는 동안 둘의 사랑은 서로 일생을 기억할 만큼 아름답고 완벽해 보였다.

네일슨: 레드와 샐리의 사랑에 대해 주체할 수 없을 만큼 질투한 사나이. 레드가 떠난 뒤 샐리에게 구애해 결혼하지만 그럼에도 샐리는 여전히 레드를 사랑하고 있음을 알게 된다. 그러나 변해 서로의 모습을 알아보지 못하는 상황에서 일생을 두고 집착한 이 두 사람의 사랑에 대한 질투심은 깊은 혐오감으로 변한다.

　　우리가 흔히 알고 있는 사랑의 이야기는 결혼이 아니면 이별로 끝이 난다. 아리따운 남녀 주인공이 가슴 저미는 사랑을 하지만 결국 헤어지거나, 난관을 극복하고 결혼으로 행복한 결실을 맺는다. 그렇다면 세상의 사랑이란 이별과 결혼만이 전부일까.

　　이 이야기는 주인공 레드가 자신의 이야기를 제3자에게서 듣게 되는 아이러니한 상황 속에서 재현된다. 신비한 섬의 자연을 배경으로 한 이들의 사랑은 아름답고도 완전했다. 섬의 자연을 닮은 풋풋하고 아름다운 원주민 처녀와 외모가 깨끗한 백인 청년의 순수하고 원초적인 사랑은 보는 사람을 압도하는 한편 참을 수 없는 질투를 불러일으킬 만큼 건강하고 아름다웠다. 이 사랑은 백인 청년의 갑작스런 실종 이후에도 계속된다.

레드는 우연히 섬에 정박한 배 안에서 잠들었다가 그 배가 그대로 출발하는 바람에 부득이 샐리와 헤어지게 됐다.

네일슨은 이들의 절절한 사랑에 대한 질투와 이 사랑을 파괴해서라도 소유하고 싶은 욕망 때문에 그녀에게 구애한다. 그러나 그녀가 자신과 결혼한 후에도 여전히 레드만을 사랑하고 있음을 알게 된다.

그러나 놀라운 것은 오랜 세월이 지난 후, 이들이 그토록 뜨겁게 사랑한 연인을 서로 알아보지도 못한 지경에 빠진 것이다. 아름다운 원주민 처녀 샐리는 뚱뚱하고 늙은 원주민 아낙으로 변해 있었고 레드 역시 청년 시절의 깨끗한 외모는 추하게 변해버렸고 어느덧 천박하고 야비한 뱃사람이 돼 있었다.

네일슨이 일생을 두고 질투한 이들의 사랑은 세월의 흔적 앞에 퇴색하고 무의미한 낯선 이방인의 모습으로 서로를 바라볼 뿐이었다.

이 작품에서 윌리엄 서머싯 몸은 인간을 철저하게 자연법칙에 의해 지배되는 유기체일 뿐이라고 보고 있다. 그토록 아름답고 절대적인 사랑을 나누던 두 사람도 세월이 흐르자 둔감하고 속물적인 인간으로 형편없이 늙었다. 이들은 자신의 사랑을 기억하고는 있지만 그 사랑은 더 이상 지속하지도 성장하지도 못한 채 남아있는 잔상일 뿐이었다. 이 소설의 관찰자인 네일슨은 이런 상황에 혐오감을 느끼고 샐리를 떠나려 한다.

인간의 의지와 상관없이 세월의 힘은 모든 것을 바꿔 놓는다. 사랑이 변질되는 것은 극적인 배신이나 변심 탓만이 아니다. 아무것도 변하지 않은 채 그저 달라지기도 한다.

샐리의 사랑은 결코 변한 적이 없으면서도 결국 변해 있었고, 레드는 일부러 샐리를 떠나지는 않았으나 그녀 곁으로 돌아오지도 않았다. 레드는 단지 우연히 이 섬에 오게 됐으며 제3자를 통해 자신의 사랑 이야기를 무신경하게 들을 만큼 둔감하고 뻔뻔스럽게 변해 있었다.

작가는 인간의 의지와 상관없이 세월은 모든 것을 바꿔 놓고, 인간에게는 단지 그것을 겪어내는 힘만 주어져 있다는 사실을 역설적으로 보여준다.

사랑이 변질되는 것은 극적인 배신이나 변심 탓만이 아니다. 아무것도 변하지 않은 채 그저 달라지기도 하는 것이다. 샐리는 지금도 레드를 기다리고 레드도 여전히 샐리를 그리워하고 있을지 모르나, 세월이 무심하게 지난 뒤 두 연인은 변모한 서로를 이제는 더 이상 알아볼 수조차 없게 돼버렸다.

서머싯 몸의 또 다른 작품, 『인간의 굴레』

윌리엄 서머싯 몸의 『인간의 굴레』는 자전적 허구이다. 이 작품에서 주인공 필립이 살던 지명이나 학교 이름은 작가가 살거나 다니던 곳의 이름을 살짝 바꾼 채 그대로 사용했다. 백부의 성격이나 사제관 생활 등도 자신이 겪은 대로 재현했다. 주요 등장인물도 대부분 실명을 댈 수 있을 정도로 실재하는 인물을 형상화했다.

소설이란 본질적으로 작가의 경험이 녹아있는 허구일 뿐이다. 문학적 전통 속에서 『인간의 굴레』는 교양소설에 속한다. 교양소설은 젊은이가 인생과 사회에 눈을 떠가는 과정을 그린 소설이다. 요한 볼프강 괴테의 『빌헬름 마이스터의 수업시대』를 원조로 하고 있는 교양 소설은 19세기에 유럽에서 크게 유행했다. 스탕달의 『적과 흑』, 샬럿 브론티의 『제인 에어』, 찰스 디킨스의 『데이비드 코퍼필드』 등은 19세기의 대표적인 교양소설이다. 20세기의 교양소설로는 데이비드 허버트 로렌스의 『아들과 연인』, 제임스 조이스의 『젊은 예술가의 초상』 등이 있다.

이 작품에서 주인공 필립의 삶은 모든 인간의 삶과 더불어 근본적으로 구속돼 있고, 주어진 삶의 조건은 지극히 예속적이다. 불구로 태어난 필립은 고아가 되어 사랑을 모르는 백부의 손에서 성장한다. 종교와 제도에 대한 갈등으로 고뇌하던 필립은 학교를 거부하고 절대적 믿음만을 강요하는 종교로부터 벗어난다. 그는 구속이 없는 심미적 세계에서 자유로운 삶과 욕망을 실현하고자 한다. 자신의 삶의 굴레와 예속적 환경의 조건들로부터 벗어나려는 내면의 욕구를 실현하는 길이 진정한 삶의 길이라는 것을 깨달아 가고 있었기 때문이었다.

그러나 그가 실현하고자 한 예술의 세계도 자유가 아니라 개성적 표현과 성공에 대해 강박적으로 지배받고 있음을 발견한다. 필립은 마침내 재능 없는 화가의 길을 포기하고 얼마간 자유로워진다. 필립은 밀드레드에 대한 자신의 이해할 수 없는 열정을 통해 그 굴레로부터의 해방은 자신의 의지를 넘어선 것으로 느낀다. 파산에 의한 극빈 상태도 사람을 구속하는 굴레의 하나임을 알아가며 필립은 삶에 아무 해답이 없음을 깨닫는다. 삶에 무슨 의미가 있다고 생각하는 사람은 바로 그 의미의 굴레에 예속된다는 것이다.

이러한 초연함, 무의미의 발견은 의미를 배척하는 것이 아니라 의미와 가치에 대한 중립적 태도를 의미한다. 불구의 신체가 자신에게 고통의 근원만이 아니라 성찰의 힘과 기회를 주었다는 것도 깨닫게 된다.

『인간의 굴레』가 가진 철학은 19세기 말~20세기 초를 지배한 현실주의적 관점과 자연주의적 세계관을 반영하는 것이다. .

프랑스 파리에서 태어난 윌리엄 서머싯 몸은 어려서 영국인 부모를 여의고 엄격하고 자신과 기질이 잘 맞지 않은 백부의 손에서 성장한다. 학교에 진학한 그는 작은 키에다 서투른 영어 탓에 말을 심하게 더듬어 또래들의 놀림감이 되고 잘 적응하지 못했다.

의대를 졸업하고 의사 자격은 획득했지만 본인의 열망에 따라 문학적 삶을 살기로 하고 스페인으로 건너갔다. 마침내 1907년 풍속희극『프레데릭 부인』이 대성공을 거둬 극작가로서 확고한 명성과 부를 누리게 됐다. 이때부터는 유명작가로서 끊임없이 작품을 발표했으며 만년에는 여러 명예로운 직책과 훈위를 받았다.

몸은 작품을 통해 자신의 가치관이나 철학을 펼쳐 보이려 하거나 문학의 사회적 기능을 강조하는 작가가 아니었다. 그는 순수한 이야기꾼으로서의 소설가를 지향했으며 예술 문학을 추구했다. 그러나 몸의 소설이 철학이 부재한 가벼운 읽을거리라는 뜻은 아니다. 오히려 누구보다 진지하게 삶의 문제에 천착함으로써 많은 독자를 얻은 성공한 작가이다.

몸은 어려서부터 여러 나라를 여행한 특이한 이력을 지닌 작가이다. 태어난 곳에서 성장하고 공부하고 일하고 생을 마감하는 일반적인 사람들에 비하면 그의 숱한 여행 경력은 그 자체로 충분히 작가적 또는 문학적으로 보일 정도이다.

제1차 세계대전이 일어나자 몸은 정보국의 발탁으로 스위스에서 첩보활동을 하기도 하고, 영국과 미국 정보국의 중대한 정치적 임무를 띠고 러시아에 잠입하기도 했다. 러시아에 가게 된 것은 러시아에 대한 문학적 동경 때문이기도 했다. 그의 여행에 대한 열망은 문학적 열망 만큼이나 청년기부터 들끓던 것이었다. 그는 이탈리아 및 스페인 등 유럽의 옛 도시와 태평양, 동아시아, 남미 등을 두루 돌아다녔다. 마침내 인기 작가로서 성공을 거둬 명성과 부를 누리게 된 이후(1929)에는 생을 다할 때까지 프랑스에서 살았다. 몸은 남프랑스의 니스와 몬테카를로 사이에 있는 페라 곶에 넓은 땅이 딸린 거대한 빌라를 사들여 공들여 치장했다. 이 빌라에는 스웨덴 왕과 태국 왕, 전 스페인 여왕, 영국의 윈저 공작 부부와 윈스턴 처칠 등 유명 인사가 많이 찾았다. 1965년 91세로 니스의 한 병원에서 세상을 떠난 그에게 프랑스는 또 다른 고향이나 마찬가지였다.

1) 사랑의 영원불변을 믿고 싶은 사람들의 마음과는 달리 사랑은 변심과 배신으로 병들고, 죽고, 사라지고 때론 추해지지요. 여러분이 생각하는 이상적인 사랑에 대해 자유롭게 말해 보세요.

: 쉽게 변하는 건 사랑이 아니지요. 사랑이 변한 게 아니라 애초에 사랑이 아니었으니 변한 게 아닐까요? 레드는 잘생긴 백인 청년이고 샐리는 아름다운 원주민 처녀였지요. 이들은 말조차 통하지 않았다고요. 사랑은 이성과 감성이 동시에 소통돼야만 가능한 게 아닌가요? 처음부터 둘은 서로의 매력적인 육체에 이끌린 거고, 그것이 사랑인지는 모르겠지만 육체가 변한 다음에 서로를 몰라보는 건 당연한 것 같은데요.

: 사랑도 변하죠. 왜냐하면 이성이든 감성이든 사람 속에 깃든 것은 무엇이든지 변하게 마련이니까요. 배신이나 변심은 급격하게 사랑을 변절시키고 세월은 조금 더디게 변하게 만들 뿐이죠. 사랑이 아닌 우정이나 부모님과의 애정도 세월이 가고 나이가 들면 아기 적의 사랑과는 또 다르게 변하는 거잖아요. 사랑에는 언제나 변화의 속성이 있지요. 모든 사랑이 변하기 때문에 사람들은 연애 소설이나

영화 같은 판타지를 통해 불변하는 사랑을 찾으려고 하는 거겠지요.

2) 가장 널리 알려진 윌리엄 서머싯 몸의 다른 작품 『인간의 굴레』
에서 인간의 굴레란 무엇일까요?

: 여러 삶의 어려운 조건이겠지요. 필립의 경우라면 불구의
신체, 고아가 된 뒤 엄격한 백부의 손에 맡겨져야 했던 것, 예술
가로서 비범한 재능이 없었던 자신의 한계, 자신조차 이해할 수
없었던 정념, 가난한 가운데 삶에서 의미를 찾고자 하는 노력 자
체까지도 필립의 굴레이자 인간의 굴레인 것 같아요.

: 몸은 필립의 굴레를 통해 인간의 굴레를 보여주고 그것에서
벗어나는 방법은 삶에서 아무런 의미를 찾지 않는 것이라는 이야
기를 하고 있어요. 그러나 이게 전부인 것 같지는 않아요. 굴레라
는 것은 벗어던져야 하고 어떻게 해서든 극복하고 깨뜨려야 하는
대상으로 봤으니까 굴레라는 단어를 썼겠지요. 그렇지만 굴레 자
체가 인간 자체이고 바로 나 자신의 어쩔 수 없는 모습이기도 한
걸요. 굴레를 뒤집어쓰고서도 살아갈 수밖에 없고 또 살아가고 있
는 대부분의 사람들의 숱하고 다양한 생활은 모두 삶의 의미에 닿
아 있다고 생각해요.

기 드 모파상이 태어난 프랑스 노르망디. 그리고 그가 성장해 입학한 국립 파리대학.

세계 명작 여행 승차권

1. 명작 이름: 「목걸이」
2. 명작 국가: 프랑스
3. 명작을 만든 사람: 기 드 모파상

06 목걸이

『목걸이』 캐릭터 한눈에 살펴보기

마틸드: 아름답고 허영심 많은 젊은 부인. 언제나 형편에 맞지 않은 화려한 생활만 꿈꾸며 몸치장할 만한 처지가 안 되는 순박한 살림살이에 대해 불평만 하는 의타적인 성격이지만 친구에게서 빌려온 목걸이를 잃고 난 뒤 값비싼 목걸이를 되돌려 주기 위해 억척스런 살림꾼이 된다.

남편: 순박하고 평범한 하급관리. 아내의 허영심을 위해 자신이 원하는 걸 포기할 만큼 자상한 남편이기도 하다. 아내와의 순박한 생활에도 만족하며, 아내가 실수해도 탓하지 않고 함께 빚 변제를 위해 노력하는 평범한 삶에 만족하는 소시민.

포레스티에 부인: 마틸드의 부유한 친구. 상냥한 성격을 지녔지만 자신과 다른 타인의 입장은 미처 헤아리지 못한다. 자신의 보석을 선뜻 내놓고 친구에게 빌려주지만 친구의 부담을 덜어주기 위해 그 물건이 값싼 모조품임을 미리 알려줄 만큼 사려가 깊지는 않다.

한 가련한 여인이 분실한 귀중한 목걸이를 주인에게 되돌려 주기 위해 십수 년에 걸친 고된 노동으로 겨우 목걸이를 변상했다. 그러나 뒤늦게 그 잃어버린 목걸이가 사실은 가짜였다는 기막힌 이야기를 우리는 어딘가에서 들은 적이 있을 것이다. 『목걸이』의 주인공은 단 한 번의 파티 때문에 오랜 세월을 전혀 다른 삶으로 살아야만 했다. 하급 관리의 적은 월급으로나마 거친 일을 하지 않고 그럭저럭 순탄하게 살 수도 있었던 마틸드는 잃어버린 친구의 다이아몬드 목걸이를 되돌려 주기 위해 궂은일도 마다않고 닥치는 대로 일을 해 돈을 벌어야만 했다.

그러나 그녀의 삶은 단순히 오해가 가져다 준 한 인간의 추락이 아니었다. 나약하고 의타적이며 노력 없이 막연히 화려한 생활만을 꿈꾸던 주인공을 억세고 생활력 강한 여인으로 탈바꿈하게 만드는 전화위복의 사건이기도 했다. 마틸드는 가혹한 대가를 통해 화려한 겉모양을 추구하는 허영심이 얼마나 헛된 욕망이며, 노동의 가치를 아는 일이 또한 얼마나 중요한지를 깨쳤다. 단 하룻밤 사람들의 시선을 끌면서 아름다움을 과시한 허영심의 대가는 긴 세월의 보상을 요구했다. 그녀는 고된 노동으로 아리따운 미모를 잃으면서 청춘을 빚 변제에 고스란히 쏟아 부었다.

마틸드가 값싼 가짜 목걸이 값으로 진짜 다이아몬드로 값을 치른 것을 알게 됐으니 그 다음에는 어떻게 될까? 목걸이 값을 친구로부터 돌려받아 여생을 편안하게, 그러나 아마도 젊은 날의 그녀와는 전혀 다른 모습의 건전한 성실함으로 살아갔을 것이다.

누구에게나 분수에 맞지 않고 현실과 동떨어진 화려한 생활을 꿈꾸는 허영심은 있게 마련이다. 마치 교훈을 위해 쓴 듯 하지만 이 작품은 그저 고달픈 인생의 한 단면을 보여줄 뿐이다. 누구나 재앙이 될 수도 있는 허영심의 목걸이 하나씩을 가지고, 나머지 인생을 바로 그 실체도 없는 목걸이를 위해 바치고 있음을 섬뜩한 통찰로 보여주고 있다. 남의 이목을 끄는 멋진 사람이 되고 싶다는 이 허영심의 목걸이 때문에 어떤 사람은 대중스타를 꿈꾸다가 좌절하기도 하고, 폭주족이 돼 비틀린 욕망을 해소하려다 사고를 당하기도 한다. 그러나 인간에게는 마틸드처럼 역경을 기회로 삼을 수 있는 능력 또한 주어져 있다.

누구에게나 분수에 맞지 않고 현실과 동떨어진 화려한 생활을 꿈꾸는 허영심은
있게 마련이다. 그러나 한순간의 허영 대가는 긴 시간의 보상을 요구한다.

이 작품은 단편의 묘미를 잘 살린 결말의 반전이 주목된다. 여자의 헛된 허영심의 말로가 어떠한지를 보여주기라도 하듯, 아리따운 마틸드가 쓸데없는 불평만 하다가 호된 꼴을 당할 때는 독자로서 마땅한 결론인 것 같고 한편으론 좀 기엾다는 생각이 들기도 할 것이다. 그러나 그녀가 값을 치른 목걸이가 사실은 가짜라는 대반전은 이제 마틸드의 허영심에서 인간의 허무한 생애로 전환하면서 마무리된다. 마틸드가 치른 목걸이의 값은 돌려받을 수도 있지만 돌려받을 길 없는 청춘의 시간들은 그녀가 인생이라는 속임수에 막무가내로 강탈당한 것이 아닌가 말이다.

기 드 모파상은 감수성을 억제하고 대상을 치밀하게 연구한 자연주의자였다. 『여자의 일생』은 한 여인의 일생을 염세주의적 필치로 그려낸 프랑스의 대표적인 사실주의 작품이다. 이 작품에서 모파상은 여자의 일생을 끊임없이 누군가에 의해, 잔인한 운명에 의해 상처 입고 훼손당하며 어떤 희망을 가지려는 순간에 또 다른 난관이 연속해서 희망을 파괴하는 비극적인 인생관을 보여준다.

파란만장한 『여자의 일생』의 주인공은 쾌활하고 의심할 줄 모르는 건강한 성격의 소유자 잔이다. 그녀가 인생에서 겪은 것은 결혼, 부모님의 죽음, 어머니 생전의 정사 목견, 남편 쥘리앵의 외도와 죽음, 친구의 배반이었다. 인생에서 지쳐가던 그녀에게 아들 폴은 파리에서 알게 된 여자가 낳은 아기를 맡긴다. 아기를 받아 안은 그녀는 비록 몸은 늙었지만 다시 새로운 기쁨으로 아기를 돌보게 된다.

　언제나 새로운 희망은 나중에 가서 또다시 배반당할지라도 그 자체로 생명력을 가지고 꿈틀거린다. 인생은 상처와 상실로 얼룩졌지만 그래도 더 이상 불행은 오지 않을 것이라며 마지막으로 새로운 생명을 안고 웃을 수 있는 주인공의 일생을 두고 비극이라 할 수 있겠는지 한번쯤 생각해볼 일이다.

　『여자의 일생』은 19세기 프랑스 사회 내부에서의 계급 변동이나 기계문명 진보를 배경으로 당대의 사회상을 그리고 있다. 또 이를 통한 장 자크 루소적 낙관주의의 파탄을 비롯해 모파상의 자연주의적 경향과 염세주의적 세계관을 보여준다.

순수한 자연주의자, 모파상

　기 드 모파상은 프랑스 노르망디 지방에서 출생해 문학적 교양이 풍부하지만 가정을 거의 돌보지 않은 아버지와 아이들을 편애하는 신경질적인 어머니와 함께 노르망디의 자연 속에서 유년기를 보냈다. 이후 어머니와 귀스타브 플로베르의 친분으로 모파상은 플로베르와 사제지간의 연을 맺고 우정을 나누게 됐다.

　성장해서는 프랑스의 대표적인 국립 대학인 파리대학 법학

부에서 공부했다. 그는 졸업하고 교육부에 취직한 뒤 10여 년 간을 보트놀이와 문학 공부에 열중했다고 알려져 있다. 당시 파리에서의 보트 놀이는 페달을 밟고 발로 굴리거나 유유자적하며 노를 젓는 단순한 놀이라기보다 하나의 스포츠인 듯하다. 한편 모파상이 무척 건강한 신체의 소유자인 듯한 인상을 주지만 실제로 젊었을 때부터 병을 지녔다고 한다. 그가 파리대학을 졸업한 뒤 공무원으로 근무하던 시절부터 어머니와 플로베르에게 보낸 편지에서 이미 실명과 탈모를 걱정하며 괴로움을 토로하고 있다.

결국은 온갖 치료에도 불구하고 건강은 나아지지 않았고 오히려 신경이상이 됐다. 작가들의 경우 정신적으로 잘 벼린 예리한 날과도 같은 예민한 정서를 지녀서인지 건강이 악화되면 바로 정신병을 앓거나 자살 기도로 곧잘 이어지곤 한다. 모파상도 면도날로 자살을 기도한 뒤 정신병원에 입원했고, 그 이듬해 42세의 젊은 나이로 죽었다.

천재들의 요절이나 자살은 마치 예민하고 섬세한 기계가 조금만 무리해도 곧잘 망가지듯 그렇게 찾아온다. 모파상의 작품에서도 병에 대한 두려움과 불안이 드러난 단편이 발견된다. 병든 육체에는 예민한 정신이 깃들고 여기에 어울리는 섬세한 정서가 작품에 투영되기도 한다. 그러나 육체의 고통조차 예술적, 문학적으로 승화시킨 것으로 보기엔 젊은 육체에 깃든 병이란 고뇌와 배신과 절망의 연속인 『여자의 일생』주인공 잔의 인생 만큼이나 잔인한 것이었다.

1)『목걸이』에서 마틸드의 성격과 인생을 충분히 알아봤으니까 다른 인물에 대해서 이야기해 볼까요?

: 마틸드의 남편은 작품 속에서 중요한 역할을 하고 있진 않고 그냥 그녀의 욕망에 이끌려갈 뿐이지만 좋은 사람인 것 같아요. 비록 아내의 허영심이 그런 화를 불러왔지만 함께 고생하면서 빚 갚기를 도와주잖아요. 그녀를 충분히 이해하고 알고 있어서가 아니라 타고난 성실함으로 인해 자기에게 닥친 일에 묵묵히 대응하는 성격인 것 같아요. 포레스티에 부인은 상냥하고 아름답지만 인생의 고난을 모르다보니 자신과 다른 처지의 사람을 이해하지 못하는 것 같고요.

: 포레스티에 부인은 이해하지 못하기도 하지만 이해할 필요도 없는 사람이지요. 마틸드가 원하는 모든 걸 다 가졌기 때문에 더는 고민할 게 없는 사람처럼 보이지만 그건 이 작품에서 그녀의 존재가 부차적인 인물이기 때문에 평면적 성격으로 그려진 것뿐이에요. 마틸드의 남편도 마찬가지지요. 그에게도 충족되지 못한 욕구가 있고 자신의 목걸이를 가진 인물일지도 모르겠지만, 이 작품에서는 배경 역할만 할 뿐이지요. 여러 인물의 인생을 펼쳐보이기에는 단편이

그리 적합한 장르가 아니니까요. 그리고 마틸드도 나름대로 훌륭한 면이 있어요. 자포자기 않고 빚을 갚기 위해 최선을 다하니까요. 이 계기가 한낱 목걸이 때문이 아니라 인생에서의 어떤 깨달음이라면 더 좋겠지만요.

2) 목걸이의 상징성에 대해 이야기해 볼까요?

: 목걸이는 마틸드의 허영심을 상징해요. 나아가 모든 인간이 가진 헛된 욕망을 상징하기도 하고요. 그리고 목걸이의 진짜 가치를 알지 못한 채 인간은 그것을 위해 인생을 바치는 거지요. 사람들이 부와 명예나 그런 걸 원할 때 이것들의 진정한 가치를 알고 있어서가 아니라 그냥 원하는 거지요. 단지 반짝이고 화려한 걸 좋아해서 어떻게든 잠시라도 손에 넣어보고 싶어하는 마틸드처럼요.

: 마틸드의 목걸이는 그나마 눈에 보이는 물건이지만 사람들의 목걸이는 눈에 보이지도 않고 그래서 결코 잡히지 않으며 손에 넣을 수도 없는 헛된 욕망의 상징체인 것 같아요. 마틸드가 목걸이 값을 친구로부터 돌려받을 수도 있지만 사람들이 인생에서 치른 목걸이 값은 결코 어떤 방식으로도 돌려받을 수 없는 경우가 많은 것 같아요.

알퐁스 도데의 『마지막 수업』의 배경이 되는 알자스 로렌 지방의 사진. 한 폭의 그림같은 풍경이 있는 곳으로 유명하다.

세계 명작 여행 승차권

1. 명작 이름: 『마지막 수업』
2. 명작 국가: 프랑스
3. 명작을 만든 사람: 알퐁스 도데

07 마지막 수업

프란츠: 날씨가 좋으면 나가서 놀고 싶어 하는 철부지 소년. 그런데 그날의 수업을 끝으로 더 이상 모국어인 프랑스어를 배울 수 없다는 사실 앞에서 뒤늦게나마 조국이 처한 위기를 선명하게 깨닫게 된다.

아멜 선생님: 모국어를 잃게 된 비탄에 잠긴 애국적인 교사. 더 이상 프랑스어 수업을 할 수 없는 순간에까지도 학생들에게 조국애를 가르치고자 최선을 다한다.

독일 점령기의 프랑스 시골마을을 배경으로 한 『마지막 수업』은 과거 우리 교과서에도 소개됐다. 『마지막 수업』은 한 민족의 말과 글의 존엄성에 대한 애정과 민족정신의 중요성에 대한 주제가 강조된 작품이다. 이런 면에서 일제의 침탈을 겪은 우리 민족에게도 깊은 공감과 교훈을 준다. 우리나라의 경우에도 일제 강점기에 창씨개명과 더불어 한국어 교육을 금하는 정책이 시행됐다. 한 민족의 정신을 말살하고 식민지 지배를 쉽게 하기 위해 정신의 틀이라 할 수 있는 자국어부터 금지하고 파괴하는 것이었다.

이 작품에서 프란츠를 철들게 하고 모국어의 소중함을 깨닫게 하는 수업은 아쉽게도 마지막 수업이었다. 그런데 우리는 여기에서 심훈의 장편소설 『상록수』의 한 장면을 떠올릴 수 있다. 임시로

목동의 첫사랑은 아름다움에 대한 순수한 동경에서 욕심내지 않은 지순한
사랑이 된다.

예배당에서 글을 가르치는 선생님이 학생의 수를 반으로 줄이라는 주재소 순사의 일방적인 명령을 받고는 눈물을 머금으며 예배당에 먼저 온 순서대로 절반의 아이들을 들여보내고 나머지는 돌려보냈다. 그러나 아이들은 집으로 돌아가지 않고 예배당 담에 올망졸망 매달려서 담 너머로 글을 따라 읽는 눈물겨운 장면 말이다.

『마지막 수업』에서 아멜 선생님의 "한 민족이 남의 식민지가 되더라도 자기 말을 잘 지키면 감옥의 열쇠를 쥐고 있는 것과 마찬가지다"라는 마지막 말은 이 소설의 주제나 다름없다. 다시 한번 우리 말과 글의 소중함과 아름다움을 되새겨보게 하는 교훈적인 작품이다. 알퐁스 도데는 프랑스 시골의 목가적 풍경을 배경으로 목동과 스테파네트 아가씨의 사랑 이야기를 그린 『별』의 작가이기도 하다. 『별』역시 교과서에 소개된 적이 있어 도데의 지명도에 비하면 우리나라 청소년들에게는 많이 알려진 편이다.

『별』은 목동의 전지적 시점에서 이뤄진 소설로, 사춘기 소년인 목동과 주인집 아가씨에 대한 수줍고 풋풋한 짝사랑의 감정을 사실적으로 묘사했다. 이 소설에서의 사랑은 목동 혼자만의 사랑이기에 그의 과잉된 감정에 의한 착각마저도 고스란히 묻어나 있다. 사실 스테파네트는 그저 심부름을 갔다가 비를 만나 어쩔 수 없이 지저분한 목동의 거처에서 하룻밤을 보낼 수밖에 없었다. 그러나 낯선 곳에서 지내는 하룻밤이 불편해 잠도 못 이루고 밖으로 나와 목동과 이런저런 이야기를 주고 받으며 별들에 대한 이야기를 듣는다. 이 단순한 사실에 대해 목동은 아가씨가 자신의 울타리 안에서 보호를 받으며 잠들었다고 생각하는 건 분명 감정에 치우친 착각이지만 이마저도 얼마나 순수하고 아름다운가. 젊은 날 우리 모두의 사랑은 그렇게 서툴고 어리석었다.

이 작품에서 별은 스테파네트와 목동을 이어주는 아름다운 다리인 동시에 아름답지만 결코 붙들 수 없는 스테파네트를 향한 목동의 사랑이기도 하다. 별이란 땅에 내려올 수 없고 우리가 가질 수 없지만 아무도 그것을 갖지 못해 고통스러워하지도 않는다. 목동의 짝사랑은 이렇듯 아름다움에 대한 순수한 동경일 뿐 결코 욕심내지 않는 지순한 사랑이었다.

어려운 환경에서도 행복한 소년, 도데

알퐁스 도데는 소년 시절에 가정의 빈곤으로 인해 학업을 더 이상 계속할 수 없는 불운과 어려움을 겪었다. 그러나 이 소년은 이런 현실에 대한 반항으로 방황하거나 인생을 어지럽게 살지 않았다. 그는 언제나 성실하게 공부하고 글을 썼으며, 대여섯 살에 라틴어를 공부한 영리한 소년이었다.

1840년 남프랑스 님에서 출생한 도데는 리옹의 고등중학교에 입학했다가 중퇴하고 알레스의 중학교 사환으로 일하면서 청소년기를 보냈다. 1857년 형이 있는 파리로 가서 문학에 정진해 이듬해 시집 『사랑하는 여인들』을 발표한다. 이것이 당시 입법회의 의장 모르니 공작의 인정을 받아 그의 비서가 됐고 이로써 도데의 파리 생활은 안정을 찾으면서 이를 계기로 집필활동에 더욱 몰두할 수 있었다.

이후 그는 시인 프레데리크 미스트랄, 귀스타브 플로베르, 에밀 졸라, 이반 세르게예비치 투르게네프 등과 친교를 맺었으며 아내 쥘리아와 함께 생애 마지막까지 파리에서 행복하게 지냈다. 그는 작가로서는 드문 편으로 인생이 평탄했다. 그래서인지 그의 작품에는 따뜻한 정감과 유머가 있으며, 아름다운 자연 예찬으로 시정 넘치는 문체를 구사한다. 도데에 대해서는 다른 작가들처럼 역경과 고난에 찬 드라마틱한 인생의 여정이 잘 알려져 있지 않다. 다만 그만의 다감한 감성을 느낄 수 있는 작품들처럼 그의 인생은 어려움 속에서도 성실하고 소박하게 늘 행복을 추구한 삶이었다. 도데는 마치 별을 보고 행복해하는 목동처럼, 지빠귀 새소리가 들리면 숲으로 놀러가고 싶어하는 천진한 소년 프란츠처럼 어려움 속에서도 자신의 삶에서 작은 행복의 조건을 찾아낼 줄 아는 사람이었다.

1) 알퐁스 도데의 『마지막 수업』 배경과 우리나라가 일제 강점기에서 말과 글을 금지당한 사실은 어떤 공통점과 차이점이 있을까요?

: 알자스로렌 지방은 프랑스와 독일의 접경지대에 있는 지방이어서 처음부터 주민들은 독일어를 주된 언어로 쓰고 있었어요. 전쟁 때마다 독일령이 됐다가 프랑스령이 됐다가를 반복했기 때문에 사실 그 지방 사람들에게 프랑스어를 금지했다는 건 모국어를 잃는다는 의미와 조금 달라요. 단일민족인 우리나라는 일제의 강제 침탈에 의해 민족 정신을 완전히 말살당할 처지에 있었고, 심지어 이름과 성을 일본식으로 새로 짓게 할 정도로 핍박이 극악했지만 이 작품 속의 정황은 그렇게 절박한 것 같지가 않아요.

: 저도 이상하게 생각한 건 마을 주민들이 정장 차림으로 나와 앉아서 열심히 프랑스어를 읽는데 모두 더듬거리며 읽는다는 설정이었거든요? 프랑스어가 모국어라면 못 읽을 리가 없을텐데. 그리고 프란츠도 그렇지요. 아무리 공부를 못해도 글은 왜 못 읽을까요? 우리나라 경우엔 우리 고유의 말과 글이 있음에도 그것을 빼앗길 위기였던 거고 알자스로렌의 주민이나 프란츠의 경우엔 원래부터 독일

2) 도데의 다른 작품 『별』에 대해 이야기해 볼까요? 목동의 별은
무엇이지요?

: 목동 입장에서 스테파네트는 어차피 별처럼 높고 잡을 수
없는 존재인 것 같아요. 나이는 비슷하지만 목동은 그녀를 아가
씨라고 부르는데 반해 아가씨는 목동에게 반말을 하고 심지어 목
동 이름조차 부르지 않아요. 이렇게 신분 차이가 있는 두 사람이
었기에 목동이 집에 있을 땐 아가씨를 가까이에서 본 적도 거의
없었어요. 그러니 목동은 그녀가 별과 같은 존재였고 별을 보고
산 속 생활의 외로움을 달래듯이 그녀를 생각하는 것, 그저 바라
보며 짝사랑하는 것만으로도 족한 존재였어요. 그랬던 그녀가 하
늘에서 땅으로 내려와 자기에게 말을 걸었으니 목동은 황홀했겠
지요. 어깨에 별이 내려앉았다고 생각할 만도 하지요.

: 그러나 신분차가 나는 상대라고 해서 반드시 별과 같은 존재
는 아니에요. 다른 문학 작품의 경우에서 신분차가 나는 두 사람의
결합은 얼마든지 존재하니까요. 목동의 별은 스테파네트가 아니라
그녀를 향한 순수한 마음 자체예요. 목동의 사랑은 몽상적이고,

순수하고, 목적이 없어요. 저 아가씨의 마음을 사로잡아 결혼하겠다

거나 아가씨의 사랑을 얻어보겠다거나 하는 욕심이 전혀 없어요. 그

저 혼자서 맑게 빛나는 그런 마음이 별과 같은 거지요.

알프스와 하이델베르그 모습. 빼어난 전경으로 유명한 장소

독일의 대표 동화 작가, 그림형제. 그림형제의 이야기는 영화로도 제작되었다.

독일의 맥주축제. 유럽을 포함, 여러 다른 나라에서 오는 관광객들로 북적인다.

독일은 두 차례에 걸친 세계대전을 일으켰고, 모두 패전했다.

world tour

독일은 어떤 나라?

　독일의 남쪽 끝, 오스트리아와의 국경에는 높고 험준한 알프스 산맥이 있다. 알프스 북쪽 도나우 강까지의 완만한 구릉과 평지에는 목초지로 낙농업이 중심이다. 호수도 많아 관광과 휴양지로 개발돼 있다. 기후는 비교적 온화한 편이다. 특히 남서 독일의 라인 지구대는 독일에서 가장 따뜻한 곳으로 포도와 과실 재배가 활발하다.

　독일 사회의 다양성은 수많은 방언의 분포에서 뿐만 아니라 문화 경제의 다중심성으로 나타난다. 예를 들면 지방도시에도 대학, 오페라하우스, 교회 등의 문화시설이 갖춰져 있으며 취업 자리가 대도시에 집중되는 일도 없다. 이것은 독일이 18세기에는 300여 개, 19세기 전반에는 39개의 독립주권 국가군으로 분열돼 있어서 각각 자국의 문화 경제적 발전에 노력한 결과이다. 국민성은 권위와 질서를 지향하고, 생활은 검소하며 합리적인 편이다.

　두 차례에 걸친 세계대전을 일으켰다가 패한 독일은 연합군에 의해 동독과 서독으로 나뉘어졌다가 1990년 서독에 의해 흡수 통일됐다. 세계대전 중에 많은 예술가와 과학자 등이 나치의 탄압을 피해 미국 등으로 망명하는 등 인적 · 물적 피해가 막심했지만 독일은 여기에 좌절하지 않고 노력해 기어이 선진국 대열에 올라섰다.

독일에 위치한 '백조의 성' 사진과 주변풍경. 이 성은 백조의 모습으로 건축되어 사람들에게 '백조의 성'이라 불린다. 월트 디즈니는 이 성을 모델삼아 백설공주를 만들었다고 한다.

세계 명작 여행 승차권

1. 명작 이름: 「나비」
2. 명작 국가: 독일
3. 명작을 만든 사람: 헤르만 헤세

08 나비

『나비』 캐릭터 한눈에 살펴보기

나: 내성적이며 나비 수집에 집착하는 평범한 아이. 나비를 다루는 에밀의 정교하고 세심한 솜씨에 조금은 열등감을 가지고 있다.

에밀: 역시 나비 수집에 집착하며 모범생이다. 그러나 인간미 없고 아이답지 않은 치밀하고 냉정한 성격의 소유자.

어머니: 나의 실수를 비난하지 않고 타이르며 친구에게 사과하고 정직해지길 바란다. 특별한 개성을 지녔다기보다는 이상적인 어머니로서 충고자의 역할.

나비에 얽힌 유년의 추억과 성장

헤르만 헤세의 작품 『수레바퀴 밑에서』와 『지와 사랑』『데미안』은 모두 공통적으로 청소년기의 갈등과 방황을 그린 성장소설의 일면이 들어있다. 소년들은 우정과 사랑, 애욕과 방황 속에서 타락하고 성숙하며 자란다. 그의 작품이 유난히 청소년들에게 감동을 주는 측면이 있다면 그것은 그만큼 헤세가 인생에서 청소년기를 소중하게 여겼다는 방증이 된다.

신학자로서 타락에 가까운 방종한 시절을 겪고도 주인공들이 보다 인생에 성숙한 눈을 뜨게 되는 설정은 헤세 자신이 방황하던 시절에 대한 아픈 성찰과 회고로 보인다.

헤세 작품들은 공통적으로 시대적, 문화적 특성을 초월해 인간 내면과 본질을 탐구하는 데 초점이 맞춰져 있다. 그래서 그의

욕망을 이성적으로 조절하고 통제할 능력을 충분히 갖추지 못한 유년기는 누구에
게나 상실의 기억과 요람 안에서의 무궁한 행복감이 뒤섞인 시절이다.

작품은 21세기를 살아가는 현대인에게도 삶을 돌아보고 진지하게 사색할 기회를 준다.

그는 독일 남부의 칼브에서 태어나 대부분 생애를 이곳에서 보냈다. 그러나 그의 작품과 정신세계에 영향을 준 것은 출생지가 아니라, 개신교 목사인 아버지와 모계의 유서 깊은 신학자 가문이었다. 그는 어려서부터 남다른 정신적 환경에서 많은 사색의 기회와 동서양의 정신에 대해 몰두하고 탐구할 수 있었다.

헤세의 『나비』는 누구나 한번쯤은 경험했을 법한 유년기의 갈등과 죄의식에 관한 짧은 이야기이며 성장소설이다. 유년기는 욕망을 이성적으로 조절하고 통제할 능력을 아직 충분히 갖추지 못한 시기이다. 이 시기에는 특별히 나쁜 아이가 아니더라도 충동적인 행동이나 실수를 할 수가 있다. 이런 행동 이후에 자신의 잘못을 깨닫고 반성하는 과정을 통해서 해서는 안 될 행동을 구분해 인식하고 결과를 학습하게 된다. 학습 과정에서 성인기의 도덕성과 양심이 확립되는 것이다.

'나'는 친구가 지닌 희귀한 나비를 구경하러 갔다가 그만 충동적으로 그것을 훔치게 되고, 뒤늦게 비도덕적인 짓임을 깨닫는 순간 이미 그 나비는 훼손돼 되돌릴 수 없게 된다. 결국 용기를 내어 에밀에게 잘못을 빌지만 냉담한 친구의 태도에 깊이 상처받게 되고, 유년의 상징인 나비를 모두 훼손함으로써 나비에 대한 소아적 집착에서 벗어남과 동시에 자신의 유년기와도 결별한다.

주인공은 이 실수로 유년기의 괴로운 추억을 가지게 될 것이다. 남들에겐 대단치 않은 일이지만 자신에겐 가슴 아프고 그래서 더욱 얘기하고 싶지 않은 추억 말이다. 유년기는 또한 상실의 기억과 요람 안에서의 무궁한 행복감이 뒤섞인 시절이다. 이 작품에서 날개가 고운 나비는 바로 유년기의 평화와 꿈, '나' 가 망가뜨린 나비는 성장을 위해 필연적으로 훼손되고 상처받은 유년을 각각 상징한다.

에밀은 겉으로는 모범적이지만 인간미 없고 냉정한 성격의 소유자이다. 진심으로 뉘우치는 친구를 용서하는 아량은 사람이 가져야하는 기본적인 덕목이다. 그러나 에밀 또한 날개 고운 나비를 탐하는 어린아이일 따름이다. 그의 냉정함 역시 미숙함의 다른 이름이다. 어른이 된 뒤에는 에밀도 용서를 구하는 친구를 용서하지 못한 자신의 냉정함을 때늦은 후회로 아프게 추억할 지도 모른다. 유년시절이란 누구에게나 상실과 아픔을 동반한 고운 낮꿈과도 같은 것이다.

헤세의 초기작은 주로 젊은이가 성장 과정에서 겪는 어려움을 부각하는 작품이 많았다. 1904년에 발표돼 처음으로 헤세를 널리 주목받게 한 『페터 카멘친트』는 동경과 격정과 절망 사이에서 자칫 그릇된 길로 빠져들 위험이 있는 젊은이의 우울과 회의로 가득차 있다. 『수레바퀴 아래에서』에서 헤세는 주인공 한스의 학창 시절을 통해 자신의 경험을 되새기면서 편협한 교육제도야 말로 재능 있는 젊은 이를 불안과 좌절로 위축되게 한다는 사실을 지적한다. 명령과 규범, 의무와 학습에 질리는 인간의 모습을 통해 한 개인이 성장과정 동안 겪는 사회의 위협을 그리고 있다.

후기에 가서는 주제가 다양하게 변형된다. 특히 개인적인 체험 상황을 명상으로 극복하는 일련의 작품을 보여준다. 『지와 사랑』에서도 헤세의 인물들은 부단한 시련 속에 있다. 이 속에서 자신의 삶을 규정하는 체험을 직관으로 꿰뚫어보는 명상을 통해 현실을 깨닫게 된다. 헤세에게 노벨 문학상을 안겨준 『유리알 유희』에서도 명상의 태도가 일체의 정신생활을 규정짓는다. 이 작품 속에서는 명상 수련이 중요한 교육 수단으로 등장한다.

한편 헤세는 문학이 사회 정치적 신념에 봉사하는 것을 탐탁하게 여기지 않았다. 그는 현대인의 모순된 상황을 드러내고 인격의 자존과 정신의 자유를 옹호했다. 그리하여 그의 작품들은 세계 독자들에게 시대를 초월해 충고와 위안의 힘을 준다.

1877년 개신교 목사의 집안에서 태어난 헤르만 헤세는 인도에서 포교에 종사한 부모를 통해 일찍이 동양 종교에 마음이 끌렸다. 그는 동양과 서양의 정신을 꾸준히 모색하여 괴테와 표도르 미하일로비치 도스토옙스키처럼 노자, 공자, 역, 선 등을 두루 섭렵해 세계 신앙이라는 자신만의 도에 도달했다. 그리고 이것은 그의 작품 『동방순례』 『싯타르타』 『유리알 유희』에 깊이 용해되어 있다. 헤세의 경건하고 비판적인 정신은 20세기 잡문 문화 시대에서 특별한 의미를 지니고 있다.

제2차 세계대전 때 그는 인간과 인간의 삶을 지키고 이것들이 살아 있어야만 한다는 사실을 분명하게 나타내는 것만이 문학가의 사명이라고 강조했다. 그래서 헤세는 순수 휴머니즘 입장에서 전쟁을 반대하고 평화를 지키는 것을 글과 실천으로 보여줬다.

젊은 시절 헤세는 신학교를 뛰쳐나와 서점에서 점원, 시계 공장에서 공원으로 일하기도 했으나 결국 자신이 원하는 시인의 꿈을 이뤘다. 이후 아내가 정신병원에 입원하자 자신도 정신적 위기에 빠져 정신분석가 카를 구스타프 융의 제자에게서 치료를 받기도 했다. 헤세는 1946년에 괴테상과 노벨 문학상을 받았으며, 1962년 뇌출혈로 사망했다.

1) 여러분이 어렸을 때 이야기를 해보세요. 잊지 못할 아픔의 기억이나 상실의 기억이 있나요?

 : 내가 어렸을 때 키우던 강아지가 죽었어요. 제가 실수로 먹어서는 안 될 것을 먹였기 때문이에요. 양파를 먹였는데, 강아지는 양파를 먹으면 빈혈이 생긴대요. 아주 적은 양이라 해도 문제가 될 수 있었는데 이 사실을 몰랐어요. 마음이 너무 아팠어요.

: 한 친구에게 지나친 경쟁심을 느낀 나머지 시험 볼 때 컨닝 페이퍼를 만든 적이 있어요. 그러나 시험 보는 내내 심장이 조이는 느낌이 들었어요. 컨닝 페이퍼가 서랍 속에 들어있다는 부담감 때문에 오히려 시험에 집중할 수가 없었지요. 그 일은 오래도록 내게 양심의 가책과 고통을 주었어요. 누구에게도 말을 하지 못했지만 부정, 비리와 같은 단어를 들으면 그때의 기억이 되살아나는 것 같아요.

2) 이 작품에서 나비가 상징하는 의미는 무엇일까요? 그리고 여러분의 나비는 무엇인지도 이야기를 나눠보세요.

: 여기에서 나비는 빛깔이 고운 날개와 섬세한 촉수를 가진 아름답고 평화로운 유년을 상징하는 것 같아요. 그러나 이 아름다움은 말린 나비의 날개처럼 쉽게 부스러지는데, 이것은 성장을 위해 어쩔 수 없이 사라지는 찰나의 아름다움이지요. 나비는 우리의 짧은 유년의 추억을 상징하는 게 아닐까요.

: 나의 나비는 첫사랑이에요. 어릴 때 좋아한 어여쁜 소녀와 전학가면서 헤어졌어요. 그 애는 내가 자기를 좋아한 줄도 모르지만 말도 별로 나눠보지 못한 그 소녀의 여운은 오래도록 내게 남았어요. 지금도 저는 책을 읽으면 모든 여자 주인공이 그 소녀의 얼굴로 상상이 된답니다. 이반 세르게예비치 투르게네프의 『첫사랑』 주인공 지나이다, 에밀리 제인 브론테의 『폭풍의 언덕』 주인공 캐서린, 앙투안 드 생텍쥐페리의 『어린 왕자』에 등장하는 장미꽃마저 그 소녀의 얼굴과 겹쳐져요.

오랜 역사를 지닌 프라하는 유럽에서 가장 아름다운 도시 중 하나이다. 천 년도 더 전에, 이곳은 체코슬로바키아 제국의 정치 중심지였고, 중세기에는 로마제국의 수도였다. 오늘 날, 프라하 도시 곳곳에는 고대 로마식, 고딕식 그리고 바로크식의 빌딩과 조각들이 남아있다.

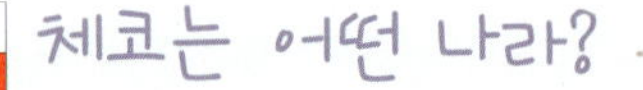

체코는 오스트리아, 독일, 폴란드, 슬로바키아와 인접한 국가이며 1996년 1월 1일 슬로바키와와 분리돼 독립국가로 출범하였다. 공식어는 체코어이다. 수도인 프라하는 블타바 강과 라베(엘베) 강을 사이에 두고 위치해 있다.

완만한 고원과 동굴, 넓은 평원, 습지와 호수를 가진 체코의 국토는 자연경관이 아름답고 다채롭기로 유명하다. 국토의 3분의 1이 숲이며, 따뜻한 대륙성 기후로서 여름에는 따뜻하고 비가 많으며 겨울에는 춥고 눈이 많다.

인구의 90퍼센트 이상이 체코인이며 나머지는 소수민족으로 폴란드인, 독일인, 로마인, 헝가리인 등이다. 주요 종교는 로마가톨릭과 프로테스탄트이다.

제2차 세계대전 이전만 하더라도 체코는 유럽에서 가장 발달한 지역 중의 하나였으나 공산당 통치 아래에서 점차 쇠퇴하였다.

1914년 독일이 일으킨 제1차 세계대전과 제2차 세계대전을 치르는 동안 독일의 지배를 받다가 전쟁이 끝나고 공산체제를 유지하면서 정치적으로 소련의 지배를 받았다. 1989년에 동구 공산정권의 몰락 과정에서 체코 문화는 자유주의로 개방됐다.

체코의 프라하에 위치한 블타바 강. 그리고 아름다운 도시 프라하. 프라하는 유럽 내에서도 아름다운 도시로 손꼽히고 있다.

세계 명작 여행 승차권

1. 명작 이름: 「변신」
2. 명작 국가: 체코
3. 명작을 만든 사람: 프란츠 카프카

09 변신

『변신』 속 캐릭터 한눈에 살펴보기

그레고르 잠자: 가족을 부양하기 위해 자신을 돌보지 않고 헌신해 온 주인공. 어느날 아침에 갑자기 벌레로 변한 뒤에도 가족 생계 때문에 고민하지만 가족 누구에게서도 이해와 사랑을 받지 못한다.

그레테: 생활력이 없고 철들지 않은 열일곱 살 누이동생. 벌레로 변한 오빠를 돌보고 먹을 것을 주지만 이러한 친절은 그리 오래 가지 않는다.

어머니: 자식을 사랑하고 보호하려는 마음은 있지만 이에 따른 행동력이 없는 인물.

아버지: 그레고르가 돈벌이를 할 때는 무위도식하다가 벌레로 변한 이후에는 어쩔 수 없이 수위로 취직해 돈벌이를 한다. 그레고르에게 가장 무자비하고 공격적인 인물.

가족을 위해 헌신하며 자신을 위해 한 푼의 돈도 아끼던 그레고르 잠자가 어느날 아침에 징그러운 벌레로 변해 있었다. 가족들은 놀라는 한편 혐오스럽기까지 한 그레고르의 모습을 보고 아연실색하지만 여동생은 세심하게 그의 식성을 알아내 음식을 가져다주고, 어머니는 아들이 다시 사람으로 변할 것을 기대하며 방안의 물건을 들어내지 않으려 한다. 그러나 곧 그레고르가 책임지던 가족의 생계를 가족 구성원이 나뉘어 책임지게 되면서 가족 내에서 그의 자리는 차츰 없어진다.

삭막한 현실을 살아가는 개인에게 가족은 마지막 울타리이자 정신적 안식처이다. 그러나 그동안 무능한 가족들을 부양하기 위해 헌신해 온 주인공이 단지 외형이 변했다는 이유로 곧바로 사회적으로 고립되고 가족으로부터 소외된다. 그레고르는 가족을 위한 사랑이란 이름으로 헌신해 왔지만 돈을 벌어 생활을 꾸려내는 특정한 임무를 성공적으로 해낸 이후에라야 가족의 일원으로 수용되고 사랑을 받을 수 있었던 것이다. 아버지의 취직과 하숙생을 두는 일로 생계가 가능해지자 그는 없어져야 할 벌레 같은 존재가 돼 가족에게서 외면당한다.

작가는 『변신』을 통해 삭막한 현대인의 삶에서 가족만이 유일한 안식이라는 대중적 인식과는 달리 생활 조건이 변하는 과정에서 얼마든지 가족의 일원을 버릴 수도 있다는 비관적 가족관을 보여준다.

그레고르는 벌레로 변한 뒤 가족으로부터 철저하게 외면당하고 버림을 받는다. 가족은 자신들의 생계에 전혀 도움이 되지 않는 그레고르를 처치하기 곤란한 괴물로 생각한 나머지 그를 공격하며 미워한다. 심지어 방안을 기어 다닐 뿐 아무것도 하지 않는 그레고르를 두고 자신들을 해칠 것이라고 말하며 쫓아내려고 한다.

아버지로부터 공격당한 치명적인 상처로 인해 그레고르가 결국 죽자 가족들은 성호를 그리며 하느님께 감사한다. 그러고는 셋이서 홀가분하게 교외로 외출하며 평온한 미래를 꿈꾸는 것으로 쓸쓸한 뒤끝을 남기면서 이 작품은 끝을 맺는다.

그렇다면 그레고르가 갑자기 벌레로 변한 이유는 무엇일까. 이것

개인에게 가족은 마지막 울타리이자 정신적 안식처이다. 그러나 거대한 기계의 한 부품처럼 살아가야 하는 현대인은 인간성에 내재하고 있는 불안함으로 인해 가족의 일원을 버릴 수도, 가족으로부터 버림을 당할 수도 있다.

은 프란츠 카프카 자신의 불안한 내면이 투사된 또 다른 자아의 한 형상이라고 볼 수 있다. 자본주의 사회 속에서 거대한 기계의 한 부품처럼 살아가는 외판원 고레고르의 내면은 벌레의 내면처럼 황량한 것이었다.

그는 당장의 가족의 생계 때문에 어떤 선택의 여지없이 바쁘게 일해 왔다. 결국 그는 흉측한 벌레로 변했다. 이것은 그의 내면의 불안함이 본질을 변화시킨 것에 대한 은유이다. 이런 정황은 현실에서 불가능한 일이지만 인간 존재에 있어서 불안의 극한점을 보여주기 위한 설정이다.

인간 심리의 불안함을 그린 프란츠 카프카

프란츠 카프카는 노동자 상해보험 회사의 직원으로 있었으나 가족 누구에게서도 이해받지 못한 문학에의 열정을 간직한 지식인이었다. 작품 『변신』의 가족 구성원은 카프카 자신의 가족을 형상화한 듯한 느낌을 준다. 그레고르 잠자의 무력한 모습은 카프카 자신의 모습이라 해도 틀린 말이 아니다. 카프카는 프라하 태생의 유대계 독일인으로서 평생 고독을 간직하고 독신으로 살았다. 소극적이고 비사교적인 소년 카프카는 중산층 상인인 아버지를 많이 두려워했다고 한다. 그의 아버지는 어린 카프카에게 법률 공부를 강조한 것으로 알려진다. 그의 문학적 정열을 이해한 사람은 카프카 사후에 『카프카 전집』의 편집자가 된 친구 막스 브로트가 유일했다.

카프카는 가족과 정신적으로 절연한 삶을 살았다. 『변신』에서의 그레고르가 결코 가족으로부터 이해받지 못하고 이질적인 존재로 버림받은 것처럼, 카프카가 그의 가족에게서 느낀 것은 단절과 고독이었다.

그는 일생 동안 세 번 약혼했지만 모두 파혼했다. 누군가를 사랑하긴 했어도 새로운 가족관계를 탄생시키는 결혼만은 하지 않았다.

1) 만약 그레고르 잠자의 변신이 우리에게도 일어난다면 어떨지 자유롭게 이야기해 보세요.

: 벌레로 변하는 건 너무 혐오스러우니까 화분 안의 식물로 변해 있었으면 좋겠어요. 아침에 일어나서 학교로, 학원으로, 과외로 하루를 꼬박 보내는 우리들은 일하기 위해 잠도 못자는 그레고르와 흡사하니까요. 차라리 식물이 되어 좀 쉴 수 있다면 얼마나 좋을까요. 물론 엄마가 내다 버리지 않고 물과 햇볕을 충분히 공급해주고, 그리고 며칠 내로 다시 사람이 됐으면 좋겠고요.

: 끔찍할 것 같아요. 사실 전 송충이 같은 벌레가 너무 무섭거든요. 바퀴벌레를 보면 너무 끔찍해요. 벌레가 된다면 살고 싶지가 않을 것 같아요. 그레고르도 자기가 원하지 않았지만 벌레로 변한 게 아니겠어요? 우리 모두 벌레로 변하는 일이 발생하지 않게 인간다운 세상 만들기에 노력해야 할 것 같네요. 이를테면 일을 지나치게 많이 하는 세상이 아니라 필요한 정도의 일만 하는 그런 세상 말이에요.

2) 주변을 둘러보면 우리는 참 바쁘게 사는 것 같아요. 무엇 때문인지 말할 수 있을까요?

: 인간의 욕심 때문인 것 같아요. 살아가는데 스스로 만족하면 비록 원시적 상태라 해도 사람은 살아갈 수 있을 것 같아요. 자기 자신의 풍요로움을 채우기 위해 남을 부려먹거나 재산을 늘리기 위해 돈을 더 벌어들이려고 일을 많이 하다 보니 그렇게 된 것 같아요. 하나를 장만한 뒤 또 다른 것을 장만하려다 보니 욕심은 끝이 없게 되는 거죠.

 : 욕심도 욕심이려니와 다른 사람에게 뒤지지 않기 위해서 노력하다 보니 더욱 바쁜 세상이 된 게 아닌가 생각이 들어요. 남들과의 경쟁에서 뒤처지면 손가락질 받거나 따돌림 당하는 등 살아가는 데 많은 어려움이 생기거든요. 현실에서 소외되지 않기 위해서 다른 사람들과 함께 행동해야 하고, 살아남기 위해서 경쟁에서 이겨야 하며, 앞서 나가기 위해서 남들보다 더 노력해야 하니 어쩔 수 없이 바쁜 일상 속으로 자기 몸을 던져 넣을 수밖에 없는 것 같아요.

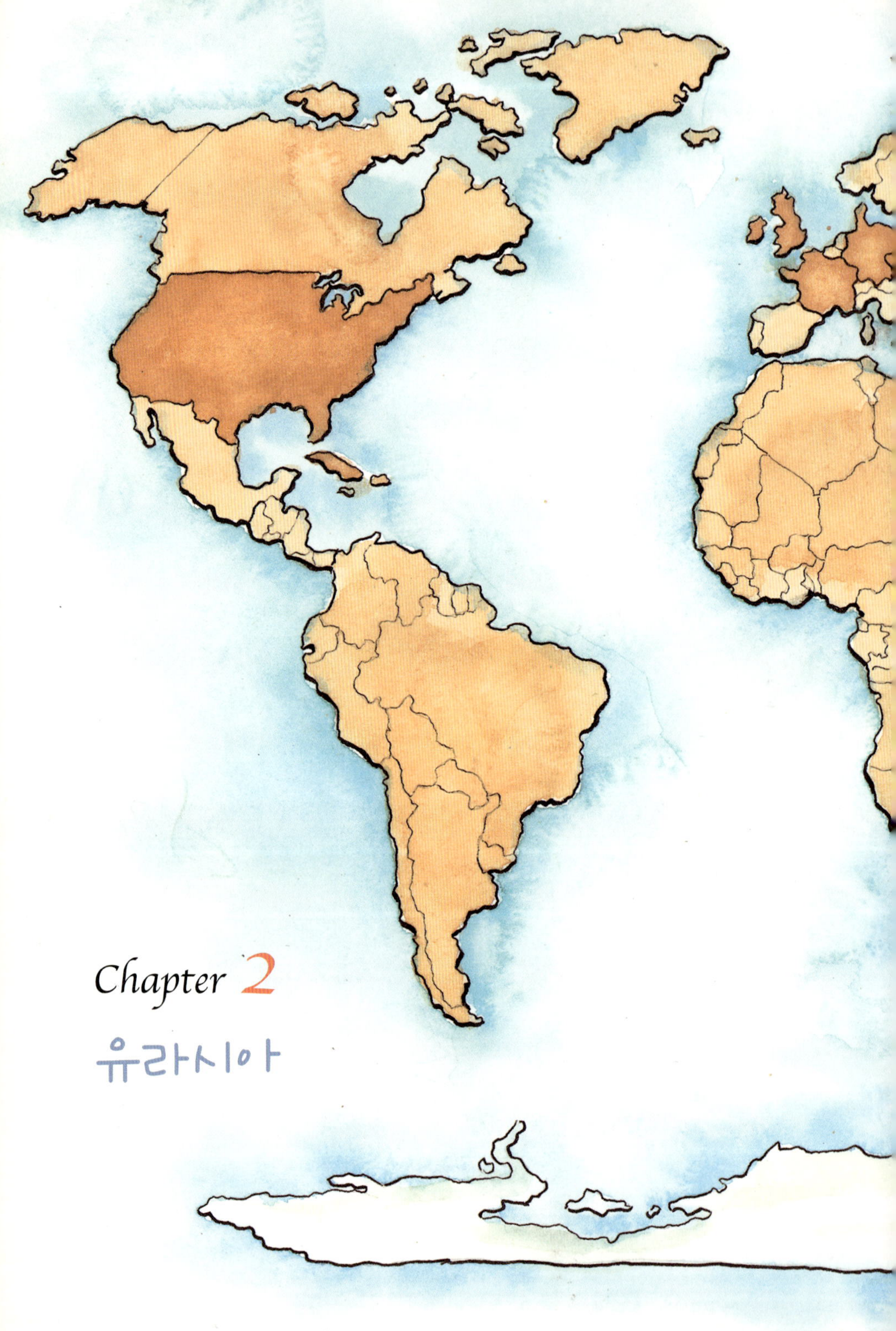
Chapter 2
유라시아

러시아는 1917년 10월 혁명이 일어난 뒤 러시아 연방 공화국이 수립됐으며 1922년 소비에트연방(소련)을 구성하는 공화국이 됐다. 소수민족이 존재하지만 국민 대부분은 러시아인이며 국토가 방대한 만큼 아열대 기후부터 빙설 기후까지 다양한 기후가 존재한다.

1991년 고르바초프 소련 대통령이 공산당 해체를 선언하고 사임함으로써 소련은 소멸했고, 보리스 옐친이 압승으로 대통령이 됐다. 현재는 2000년에 취임한 블라디미르 푸틴이 대통령이며 우리나라와 마찬가지로 대통령제 중심 국가이며, 대통령 임기는 4년이지만 한 차례 연임이 가능하다.

역사적으로 다양하고 많은 민족을 포함한 러시아는 각 민족이 나름대로의 독자적인 문화를 형성하고 있다. 특히 러시아 혁명 이후에는 제정 러시아가 추구해온 획일적인 문화정책에서 탈피하고 다양한 문화를 함께 발전시켜 나갔다.

대규모의 산업경제 발전을 가능하게 해준 광활한 영토와 풍부한 천연자원으로 유럽권 러시아는 소련의 여러 공화국 가운데 주도적 위치를 차지할 수 있었으며, 사색하기에 적합한 자연환경과 10월 혁명 전에 안고 있던 복합성은 정신적 자극제로 작용해 문학과 음악 등 예술에 심대한 영향을 끼쳤다.

19세기까지 황제가 존재했던 러시아는 곳곳에 궁전문화와 귀족문화가 존재하고 있다. 그 어떤 나라에서 보던 궁전보다도 화려하고 웅장하기로 유명하다.

10 개를 데리고 다니는 여인

『개를 데리고 다니는 여인』 캐릭터 한눈에 살펴보기

쿠로프: 바람둥이에 그다지 성실하지 못한 인물이며 변변찮은 인격의 소유자. 여행지에서 만난 안나를 사랑하게 되지만 여행이 끝나면 사랑도 끝날 것으로 믿었다. 그러나 뒤늦게 자신이 일생 처음 안나를 진정으로 사랑하고 있음을 깨닫고 혼란에 빠진다.

안나: 혼자 한적한 고장으로 여행을 왔다가 우연히 만난 쿠로프를 사랑하게 된다. 그녀는 예쁘장하긴 해도 그다지 심지가 굳은 편은 아닌 듯, 애정 없는 결혼 생활이긴 하지만 성실한 남편을 정부 쿠로프에게 '종 같은 남자'라고 험담할 정도로 경박하기까지 하다. 그러나 불륜을 통한 사랑이 주는 수치심과 죄의식으로 혼란스러워하면서도 쿠로프를 진정으로 사랑하고 있음을 깨닫고 고통스러워 한다.

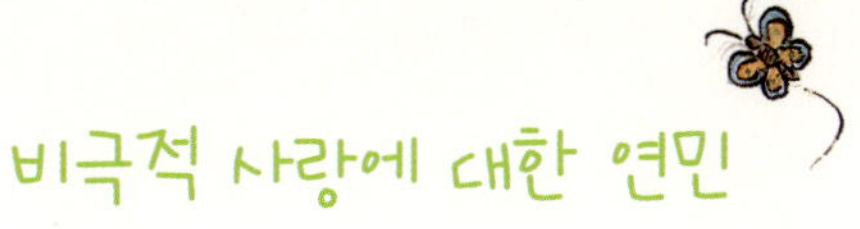

비극적 사랑에 대한 연민

실패한 인생과 고독이라는 주제는 러시아 문학사에서 표도르 미하일로비치 도스토옙스키나 이반 세르게예비치 투르게네프 같은 거장들에 의해 자주 반복된 문학적 관심사였다. 그런데 안톤 파블로비치 체호프라는 일상적이고 유머러스한 단편작가의 출현으로 말미암아 러시아 문학계는 작은 전환점을 맞게 된다. 체호프는 무거운 주제를 가볍게 소화해내는 장점을 지닌 작가이다. 이전 작가들의 주인공들이 운명에 맞서서 고통스럽게 저항하다가 파멸해 갔다면 체호프의 주인공들은 다만 애처롭고 슬프게 남아있을 뿐이다.

『개를 데리고 다니는 여인』은 각자 배우자가 있는 기혼의 두 인물이 여행지에서 만나 서로 사랑하게 되지만 여행이 끝나면 사랑도 끝낼 수 있으리라고 생각한다. 그러나 결국은 서로를 진정으로 사랑하고 있음을 뒤늦게 깨달으며 혼란에 빠지게 되는 이야기다.

이 두 사람의 사랑 이야기가 비극적 연민을 불러일으키는 이유는 이들의 사랑이 아름다워서가 아니다. 자세히 살펴보면 쿠로프는 경박한 바람둥이에 불과하고 가정이나 사회적 일상에서 결코 성실하지 못한 인물이다. 안나도 어여쁜 외모를 가졌을 뿐, 냉정하게 판단하면 가정이나 사회생활에서나 성실한 남편을 두고도 알 수 없는 호기심에 마음이 들떠있는 어리석은 여자에 불과하다. 그런 그녀의 눈에는 남편보다 못할 게 분명한 인격 소유자 쿠로프가 자상하고 멋지고 훌륭한 남자로 보인다. 그런 그에게 안나는 사랑과 함께 자신의 부도덕함으로 인한 수치심을 이겨낼 수 있는 존경심을 요구한다.

버젓이 외도를 하면서도 입으로는 반듯한 생활이 좋다고 수없이 되뇌고 정부에게 자신을 존경해주지 않는다고 투정 부리는 안나를 두고 실상 어느 누구도 존경스럽다고 할 수는 없을 것이다. 여행지에서 만나 사랑에 빠진 정부 앞에서 "남편이 성실할지는 모르지만 종의 근성을 가졌다"라고 험담하는 것은 아무리 좋게 보아도 바람난 상대에게 눈이 멀어 멀쩡한 남편을 매도하는 것에 지나지 않는다.

이를테면 통상적으로 무거운 러시아 문학의 비극적 주인공과는 달리 이들은 결코 아리따운 한 쌍으로는 보이지 않는다. 불성실하고 저속한 불륜일 뿐인 이들의 사랑은 그러나 서로에게 있어서만은 진심이었다. 세상에는 비루하고 비윤리적인 진실도 있는 법이다. 이 소

결혼한 두 남녀가 여행지에서 사랑에 빠지지만 여행이 끝나면 이 사랑 또한 끝나
리라 생각했다. 여행은 끝나고 이들 사랑도 안녕을 고하지만 현실로 돌아왔을 때
뒤늦게 진정으로 사랑했음을 깨닫는다.

설의 두 주인공 남녀는 결국 이러지도 저러지도 못하는 현실 속에 그대로 버려지고 소설은 아무 결론없이, 근사한 피날레도 없이 어정쩡하게 끝난다. 작가는 이들의 행복을 약속하는 아무런 여지도 남겨두지 않았다. 그렇다고 두 사람의 부도덕한 사랑에 대한 고통과 파멸을 준비한 흔적 역시 남겨두지 않았다. 그저 조금 어리둥절하고 우습기까지 한 상황 속에 둘을 덩그러니 남겨둔 것이다.

바람둥이에다가 변변찮은 인격의 소유자인 쿠로프는 일생에서 단 한 번뿐인 참된 사랑을 만났지만 현실에서의 이러한 사랑은 아름답기보다 부도덕과 여인의 눈물로 얼룩진 남루한 것이다. 체호프 단편의 특징인 '애조 띤 결말'에서 우리는 그의 인생에 대한 비관주의를 짐작할 수 있다. 이 소설은 현실을 치장하거나 과장해 독자에게 사랑의 환상과 위로를 제공하지 않는다. 오히려 이러한 설정을 통해 사랑이 언제나 아름다운 길로 걸어 들어가는 것은 아님을 보여주며, 나아가 우리 인생의 어긋나고 뒤틀어진 한 단면을 보여준다. 그는 진실이 결핍된 작중인물을 통해 소설에 리얼리티를 확보한 것이다.

쿠로프에게 사랑은 그가 인생을 한참 동안 낭비한 다음에 찾아왔다.

한편 안나에게도 이 사랑은 현재를 뒤흔들고 자신을 죄의식에 빠뜨리게 할 뿐이었다.

체호프는 이처럼 사랑이 인생에 베풀어주는 것이 언제나 행복만이 아님을 역설하면서, 안나 역시 사랑하지도 존중하지도 않는 남편과의 삶은 불행하다는 암시를 남기며 이 남녀의 사랑과 고뇌를 통해 독자의 공감과 연민을 자극하고 있다.

톨스토이의 『안나 카레니나』와 전격 비교!

『개를 데리고 다니는 여인』보다 조금 먼저 발표된 레프 니콜라예비치 톨스토이의 『안나 카레니나』 주인공 안나는 부도덕한 사랑 끝에 자살한다. 그런데 공교롭게도 톨스토이 소설의 주인공 이름 역시 '안나' 라는 사실이 흥미롭다. 문학 작품 속에서 주인공의 이름 짓기는 중요한 의미를 지닌다. 그런 만큼 보다 늦게 작품을 발표한 체호프가 여주인공 이름을 안나로 지은 것은 결코 우연이 아닐 것이다.

기도교적 가치관을 바탕으로 한 대표적인 계몽주의 작가 톨스토이는 기혼녀로서 사회적으로 용인 받지 못할 불륜의 사랑에 빠진 주인공을 죽음으로 징벌하는 결말을 보여준다. 더욱이 여성인 안나만을 죽게 함으로써 여성에게만 치우친 과도한 윤리적 기준을 부여한 톨스토이의 전근대적 여성관을 짐작케 한다. 그에게 여성의 불륜은 목숨을 내놓아야할 만큼 불온한 것이었다.

이것은 당대 러시아의 보편적인 도덕 기준이기도 했다.

한편 톨스토이의 '안나' 는 원숙한 아름다움을 지닌 열정적

인 여성이었다. 그녀와 사랑을 나눈 남자들은 모두 젊고 아름다운 청년이었다. 체호프의 변변찮은 주인공들보다 훨씬 극적인 인물들이었으며, 이들의 복잡한 애정관계가 발생하는 소설의 배경도 러시아의 귀족사회였다.

그런데 체호프의 경우는 보다 현실적이고 일상적인 인물을 등장시켰다. 평범한 은행원이라는 직업을 가진 바람둥이에다가 변변찮은 인품의 소유자인 남자 주인공, 예쁘장하지만 무모한 호기심으로 헛바람이 든 듯한, 한적한 도시에서 하릴없이 개나 끌고 배회하는 안나는 톨스토이의 작중인물과는 비교할 수 없이 평범하고 범속하다.

체호프는 이처럼 불완전한 인물을 등장시켜 그보다 더 불완전한 남녀 간의 사랑에 대한 애처러움과 연민을 표현하는 결말을 선택했다. 그는 사회적 윤리 기준에 의한 애정문제의 판단을 미루고 있다. 또한 이로써 전 시대와 구분되는 근대적 문학가로서의 선구적 면모를 보여준다.

농노의 손자, 소상인의 아들 체호프

안톤 파블로비치 체호프는 1860년 러시아의 항구도시 타간로크에서 태어났다. 그의 조부는 소속된 장원에서 이동이 불가능한 농노 신분이었으나 스스로의 힘으로 자유의 몸이 됐고, 아버지 파벨은 식료품 가게를 운영했다.

러시아의 대부분 유명한 작가들은 주로 교육을 많이 받은 귀족 출신인데 반해 소시민 신분의 체호프는 소시민의 삶에 공감해 간결한 필치로 희화화된 인물을 주로 그려냈다.

체호프의 아버지는 엄격하지만 교육열이 매우 높았다. 이로 인해 그의 일곱 자녀들은 성장해 저마다 화가나 작가, 교사 등 지식인의 길을 걸었다. 어머니는 쉽게 감동하고 눈물 흘리는 다정다감한 여성으로서 훗날 체호프는 "아버지로부터 재능, 어머니로부터 감성을 이어받았다"라고 술회했다. 넉넉지는 않지만 좋은 부모와 함께한 화목한 가정이었음을 짐작할 수 있다.

집안의 파산으로 모두가 모스크바로 이주할 때도 그는 졸업을 하기 위해 혼자 고향에 남아서 학교를 다녔으며, 졸업할 무렵에는 모스크바 대학 의학부를 선택했다. 의학을 전공한 것은 경제적인 이유가 컸지만, 훗날 의학 공부는 그의 문학세계에도 영향을 미쳤다. 그의 문체적 특징을 이루는 치밀함, 정확성, 명쾌한 논리, 일체의 환상을 거부하는 리얼리즘 등은 의학과 자연과학에 힘입은 결과였다.

체호프의 창작생활은 1888년에 발표한 『광야』를 경계로 전기와 후기로 구분된다. 전기는 풍자작가 안토샤 체혼테란 필명의 시대로, 주로 유머러스한 풍자적 작품을 쓰면서 소시민에 속하는 인물들을 경쾌한 필치로 희화화했다.

후기에는 인생의 슬픔을 일련의 단편으로 묘사했다. 독특한 유머에다가 비극적 요소가 가미한, 이른바 체호프의 '우수의 세계'를 보여주는 작품들을 선보였다. 그의 작품세계는 주로 풍자적이고 유쾌했으나 갈수록 날카롭고 진지해져서 그대로 웃어넘길 수 없는 것이 많다.

한편 그는 18편의 희곡을 남긴 극작가이기도 하다. 『벚꽃동산』은 그의 최후의 희곡이자 근대 리얼리즘 연극의 걸작으로 평가받는다. 이 작품이 초연된 해인 1904년에 체호프는 44세의 이른 나이로 세상을 떠났다.

1) 체호프의 작품은 단편의 특성일 수도 있는 독자를 놀라게 하는 반전이나 의외적인 마무리보다 애조 띤 결말을 특징으로 하고 있어요. 반전의 결말과 애조 띤 결말 두 가지는 어떻게 다르며, 문학적 효과는 어떤 것이 있는지 이야기해 보세요.

: 반전으로 인한 의외적인 결말이 작품의 주제를 금방 알게 하는 효과도 있지만, 미리 계산된 결말이라는 점에서는 좀 가볍게 느껴지는 것 같아요. 일관되게 독자를 놀라게 하는 결말을 선호해 온 오헨리가 받은 비판이기도 하고요. 이런 방법은 대중적 호기심을 자극해서 읽는 재미를 더하기도 하지요. 체호프의 애조 띤 결말은 여운을 남겨요. 이게 주제다 하고 독자를 강요하지 않기 때문에 판단은 독자의 몫이 되고, 아무것도 해결되지 않은 현실 속에 덩그러니 남겨진 인물에 대해 연민과 애처로움을 느끼게 해줘요.

: 단편은 아무래도 짧은 이야기와 단일한 구조 안에서 빠르게 감동을 주는 결말이 매력적이기 때문에 좋아요. 복잡하게 얽힌 장편을 읽다보면 단순한 기지와 위트가 번득이는 단편이 읽고 싶어지거든요. 더욱이 러시아 문학은 대체로 어마어마한 크기와 분량의

방대함에 기가 질릴 지경이에요. 체호프가 영미 작가였다면 훨씬 더 가볍고 유머와 위트가 넘치는 작품을 썼을 것 같아요.

2) 러시아 문학사에서 체호프는 인상주의적 흐름의 대표 작가입니다. 인상주의에 대해 말해보세요.

: 인상주의는 본래 화가 클로드 모네가 자기 작품의 제목에 '인상' 이라는 말을 사용함으로써 미술계에서부터 쓰였대요. 문학에서 인상주의 기법은 사물에 대해 정확한 묘사를 하지 않고, 자기가 당장 가지고 있는 심리상태에서 순간적으로 받아들이는 사물의 인상을 그대로 문자로 옮겨놓는 걸 의미해요.

: 그래서 인상비평이란 것도 정식 비평이 아니라 그냥 즉흥적으로 작품에서 받아들이고 느낀 바를 그대로 표현하는 것을 의미하죠. 작품에 대한 사전지식 없이 읽고 난 뒤 느낀 것을 그저 말하는 것이죠. 때론 오독일 가능성도 있지만 그것도 나름대로 중요한 것 같아요. 배우기 전에 먼저 느낀 것을 말하고 표현하는 것이에요.

러시아 모스크바 지방에서 약간 떨어진 지역에 위치한 야스나야폴랴나 마을. 야스나야폴랴나는 러시아어로 '밝은 숲속의 초지'라는 뜻이다. 이곳은 톨스토이의 출생지로도 유명하다.

11 사람은 무엇으로 사는가

『사람은 무엇으로 사는가』 캐릭터 한눈에 살펴보기

시몬: 어느날 일을 한 대가를 받지 못한 채 새로 맡은 일감인 낡은 구두를 들고 집으로 가다가 추위에 알몸으로 떨고 있는 한 남자(미하일)를 발견한다. 그리고 자신의 외투를 벗어 입혀주고 집으로 데려온다.

마트료나: 가난에 찌들어 지친 구두장이 시몬의 아내로, 남편과 미하일을 보고 차갑게 욕설을 퍼붓지만 결국에는 금방이라도 동이 날 것 같은 겨우 남아 있는 음식을 미하일에게 나누어 준다.

미하일: 알몸으로 거리에 버려져 추위에 떨고 있는 남자. 하느님의 노여움을 사 천계에서 쫓겨난 천사이다. 신기하게도 구두 만드는 솜씨가 좋을 뿐 아니라 앞날을 보는 능력마저 지니고 있다. 그가 만든 구두는 언제나 비싼 값에 팔린다. 어느날 고급 가죽 장화를 맞춘 부유한 남자가 숨질 거란 사실을 알고 가죽 장화 대신 미리 망자에게 신기는 슬리퍼를 만들어 놓기까지 한다.

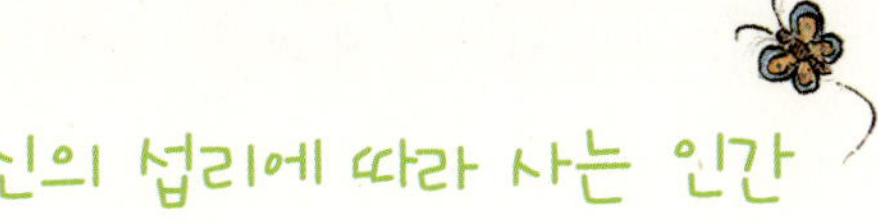

신의 섭리에 따라 사는 인간

『사람은 무엇으로 사는가』는 비록 단편이지만 레프 니콜라예비치 톨스토이의 특징이 많이 녹아든 작품이다. 톨스토이는 청교도를 거친 러시아 정교회 교인으로서 문학작품을 통해 종교적, 도덕적으로 사회를 교화하고자 한 작가이다. 톨스토이 작품은 이러한 도덕성과 교훈성으로 인해 오히려 그의 풍부한 문학적 감수성이 방해를 받는다는 지적을 받는다. 그만큼 교훈적 결론은 톨스토이 작품 전체에 걸친 한 특징이며, 예술은 인생을 위해 유익한 방향으로 기여해야 한다는 톨스토이 예술관의 핵심을 이룬다.

민화이자 청소년 문학으로 분류되는 이 단편은 누구나 가져봤음 직한 '사람은 무엇 때문에 사는가?' 하는 형이상학적 물음에 '사람은 하느님의 사랑으로 산다' 라는 종교적이면서도 도덕적인 해답을 제시한다. 가난한 구두장이와 하느님의 뜻에 의심을 품던 천사는 자신이 만난 세상의 사람들에게 하느님 말씀을 잊을 때는 죽고, 말씀대로 사랑을 실천하면서 살면 행복해진다는 지극히 교훈적인 메시지를 전한다.

하늘나라에서 쫓겨난 천사 미하일을 보고 불운하고 가난한 구두장이 시몬은 그냥 외면할까 하는 갈등 끝에 그를 돌보기로 하고 집으로 데려가고, 아내는 그런 남편을 보고 마구 욕을 하면서도 그들에게 얼마 남지 않은 음식을 준다. 사람에게 사랑이란 이런 것이다. 땔감도 없는 집에서 먹을 것이 부족하더라도, 누군가의 어려움 앞에서는 성인처럼 초월한 마음은 아니더라도 자신의 입은 옷을 벗어주는 것이다. 신의 사랑이 인간에게 어려움을 주면서도 그것을 스스로 이기게 하고 결국엔 사랑의 진실을 깨닫게 하는 것이라면, 인간의 사랑은 자신에게 어려움이 닥쳤다고 하더라도 남의 위험이나 어려움을 보면 외면하지 못하는 연인으로 나타난다.

톨스토이에게 가치있는 인생이란 신의 섭리에 순종하며 사람의 도리, 즉 인의에 충실한 삶이었다. 그러나 정작 자신의 삶은 그리 기독교적 삶도 아니었고, 도리를 지키느라 애쓴 적도 없었다. 그는 아내에게 여성의 의무만을 강요하며 사회적 삶을 전혀 용인하지 않았고 자녀들의 양육 또한 온전히 아내에게만 지워진 의무로 여겼다. 그렇다고 해서 톨스토이의 작품의 진정성을 의심할 수는 없을 것이다.

사람은 자신이 지향하는 대로만 살아갈 수 없다. 그것은 톨스토이 같은 대가에게도 마찬가지로 어려운 일일 뿐이었다.

반드시 기독교 신자가 아니더라도 이 작품은 아름답게 읽힌다. 신의 의지는 사랑의 다른 이름이다. 비록 갓난아이를 두고 어미가 죽을지언정, 심지어 한 아이를 불구로 만들기까지 할지언정 사랑이라는 신의 섭리는 자연스럽게 아이를 키워낸다. '사람 속에 있는 것은 하느님이며, 사람에게 주어지지 않은 것은 자기 육체를 위해 없어서는 안 되는 것이 무엇인지 아는 힘이며, 사람은 하느님의 사랑으로 산다' 라는 주제로 요약할 수 있는 이 단편은 러시아 민중 사이에서 전해져 오는 민화적 모티브를 재구성해 톨스토이의 명문장으로 재탄생됐다.

명성과는 달리 불행했던 톨스토이

톨스토이의 아내 소피아는 재색을 겸비한 여성이었다. 그러나 소피아는 유명한 그리스 철학자 소크라테스의 아내 크산티페와 함께 악처로 문학사에 이름을 남겼다. 1862년에 결혼한 톨스토이는 소피아와의 사이에 13명의 자식을 두었다. 명성과 부를 생전에 한껏 누린 인생이었지만 실제로는 평생 가족과의 불화로 고통스러웠다. 소피아는 재능 있는 여자로 남편에게 일생 동안 내조의 공이 컸다. 그러나 남편이 82세의 나이로 가출해 객사하게 함으로써 후세 사람들로부터 악처로 비난받는 처지가 됐다.

수건으로 머리를 두른 채 시골 역사에서 객사한 남편을 창문 너머로 들여다보는 가련한 여인의 흑백사진은 소피아를 악처라기보다 불행한 여자로 보이게 한다. 소피아는 악한 게 아니라 그저 불행했다. 사후에 엄청나게 남겨진 여러 출판물과 톨스토이 가의 수많은 사진 속에서 단 한 장도 그녀의 웃는 얼굴은 없었다고 한다. 톨스토이의 문학적 치적에 대한 평가는 이견의 여지없이 훌륭하다. 그러나 그는 남녀 문제에 대해 시대 변화에 따른 진화를 전혀 고려하지 않았다. 그가 성서에 나와 있는 바대로 집요하게 남자는 근로의 의무, 여자는 출산의 법칙만을 강조하며 모성만을 여성의 존재 의의로 보는 것에서 두 사람의 비극은 시작됐다. 또 톨스토이는 자신의 원고를 정서하는 일 이상의 직업이나 학문을 인정하지 않았다.

자신 속에 하느님을 품고 사랑으로 살아가는 일이란 톨스토이와 같은 위대한 문학가에게 있어서도 보통 사람과 마찬가지로 어려운 일이었다.

『안나 카레니나』

프랑스 여배우 소피 마르소 주연으로 영화화된 톨스토이의 역작 『안나 카레니나』는 고급 관료인 남편과 정략적으로 결혼한 안나가 상류사회 속에서 차츰 퇴폐적으로 변해가는 과정을 그리고 있다. 그녀는 쾌락적인 연애가 아니라 진실한 사랑을 갈망했지만, 그 상대가 남편이 아닌 다른 남자와의 관계에서 사랑을 찾게 되고 이로 인해 파멸한다. 안나의 복잡하고 괴로운 내면은 영화에서 마르소의 깊고 푸른 눈으로 서늘하게 표현됐다. 21세기의 소설 안에서 일어난 사건이었다면 이해받을 수도 있고 전혀 다른 결말을 가져올 수도 있겠으나, 톨스토이의 작품 안에서 안나의 사랑은 어김없이 안나의 자살이라는 비극적 결말을 가져온다.

톨스토이는 기혼녀의 사랑이란 그것이 아무리 절실하더라도 결국에는 벌을 받아야할 음행일 뿐이라는 도덕적 결말을 보여줌으로써 그의 여성관을 짐작케 한다. 안나를 사랑한 남자들은 번민 속에서도 재기하지만 안나는 다른 선택의 여지없이 죽음으로 몸을 던지게 함으로써 그의 편협한 도덕관을 드러낸 것이다.

그의 마지막 사회소설인 『부활』에서는 오직 성적 매력만을 무기로 삼아 세상을 살아가는 주인공 카추샤가 등장한다. 카추샤의 부활은 성적인 면이 배제된, 병약한 정치범 시몬슨과 우애를 바탕으로 결혼함으로써 결말지어진다.

카추샤와 같은 인물이 갑자기 전혀 다른 존재인 듯 변모하는 것도 불가능하지만 이러한 변모가 무리하게 정신적 존재로의 변화이면서 결국은 그녀의 부활 기적이라는 설정은 지극히 톨스토이다운 발상이라 할 수 있다. 톨스토이는 자식을 낳기 위한 경우만을 제외한 남녀의 모든 성적 관계를 죄악으로 단정하는 기독교적 편협한 사고를 가지고 있었다. 여성에 대한 몰이해에서 기인한 이런 경향은 그의 결혼생활을 불행하게 하는 원인이 되기도 했다.

1) 톨스토이가 민화를 모티브로 한 다른 작품 『바보 이반』에 대해 이야기해 볼까요?

: 저는 이 작품을 '바보들이 이룩한 천국' 이라고 부르고 싶어요. 바보인 이반만이 행복해지고 탐욕스런 형들은 하나같이 목숨이 위태로워지거든요. 사람은 어린이와 같아야 천국으로 들어갈 수 있다는 성서의 말씀을 어린아이의 순진함을 지닌 바보로 바꾼 것 같아요. 바보 이반에게 있어서 돈은 반짝이는 예쁜 장난감이고, 군대는 신나게 악기를 연주하는 떼거리일 뿐이었지요. 욕심 많은 형들은 모두 도깨비의 계략에 빠지지만 오로지 노동의 가치만 아는 이반에게는 어떤 술수도 통하지 않았지요.

: 그러나 그 형들은 사실 탐욕스런 인간이 아니라 지극히 평범한 인간의 모습일 뿐이었어요. 바보인 이반이 어린아이와 같다면 형들이 보인 면모는 세상 대부분의 어른 모습이었어요. 권력이나 명예와 부를 추구하는 것은 일반적인 모든 사람의 삶이니까요. 단지 그것이 좌절하게 되는 것이 바로 도깨비의 계략이라는 죄악의 유혹에 빠지게 돼 결국 파멸한다는 거지요.

이 작품에서도 역시 톨스토이의 성서에 입각한 금욕적 사상이 잘 드러나 있어요. 톨스토이는 정직한 경작만이 인간의 삶을 지키고 결국 세상을 천국으로 만든다는 메시지를 전하지만 현대에는 맞지 않는 것 같아요. 산업이 얼마나 다양해졌는데 어떻게 농업 경작만이 전부이겠어요?

2) 그렇다면 바보 이반이 이룩한 나라는 과연 천국일까요?

: 천국처럼 보이던 걸요. 정직하게 경작해서 모두 함께 잘 살고 손에 굳은살이 박이지 않은 사람에게는 저녁식사를 주지 않는다는 것은 노력한 사람만이 수확할 수 있고, 수확한 손으로만 밥을 먹을 수 있으니 공평하고 현명한 세상이죠. 누구도 억울하지 않고 손해보지 않잖아요.

: 그렇지만 그건 어떻게 보면 공산주의 같아요. 모두 함께 일해서 공평하게 나누어 먹으면 된다는 거요. 사람의 욕망이 모두 다르고 다양한데 무조건 경작만이 가치가 있는 일이라면 예술이나 학문은 아무런 쓸모도 없는 건가요? 그렇게 획일적으로 살아야만 하는 곳이 과연 천국인지요? 말 그대로 바보들의 천국이 아닐는지요. 물론 주체하지 못한 욕망 때문에 자신을 망치는 형들같은 사람들만 사는 나라가 천국일 리도 없겠지만 세상이 반드시 천국일 필요는 없잖아요.

러시아 우크라이나 지방의 사진.
이곳은 『외투』의 저자 고골리의 출
생지이다. 비옥한 흑토와 19세기
후반에는 세계의 곡창이라 불릴 정
도로 밀 생산량이 많았다.

12 외투

『외투』캐릭터 한눈에 살펴보기

아카키 아카키예비치: 러시아 어느 관청의 정서계 9등관. 너무나 가난한 나머지 닳아빠진 외투를 입고 언제나 사람들의 놀림감이 되고 무시당하지만, 연약하고 소심한 인물로 변변하게 항의조차 하지 못하고 괴롭힘을 묵묵히 견디고 있다. 그러나 도저히 더 입을 수 없는 외투를 버리고 새 외투를 장만하고자 다른 사람들의 일까지 대신하고, 먹는 것조차 줄이면서까지 결국 뜻을 이뤘다. 가엾은 주인공은 눈물을 흘릴 정도로 뿌듯해 하지만 새 외투를 그만 노상강도에게 빼앗기고 만다.

고관(칙임관): 외투를 빼앗긴 아카키 아카키예비치의 딱한 사정을 듣고도 도와주지 않는다. 노상강도에게 빼앗긴 외투를 찾게 해달라는 부탁을 하러온 온순하고 초라한 사람에게 그는 자신의 권력에 취한 나머지 고압적인 태도로 고함을 질러 그를 겁에 질리게 한다. 나중에 밤길에서 아카키 아카키예비치의 유령을 만나자 자신의 외투를 던져준다.

가난한 이의 자존심이자 정체성이었던 외투

　겨울이 길고 혹한이 계속되는 러시아에서 외투는 생필품의 하나이다. 그런데 이 작품의 주인공 아카키 아카키예비치는 완전히 닳고 낡은 외투 때문에 놀림과 무시를 당하는 인물이다. 사치품도 아닌 겨울의 추위를 막아야하는 외투 한 벌을 장만하기 위해 그는 음식량까지 줄여가며 쉴틈없이 노동까지 해야만 했다.

　이렇게 어렵게 장만한 외투는 자신의 분신과도 같은 것이었는데 그는 외투를 얼마 입지도 못하고 그만 강도에게 빼앗기고 만다. 그리고 이로 인해 병을 얻어 죽는다.

　이후 밤이면 아카키 아카키예비치의 유령이 나타나 외투를 빼앗으려 한다는 소문이 나돌고, 자신을 냉대한 관리가 자기 외투를 벗어서 던져줌으로써 유령은 더 이상 나타나지 않는다. 그런데 이

러시아 민중에게 있어서 자신의 분신과도 같은 외투는 단순한 의복의 의미를 넘어 필수품이자 험한 세상의 멸시와 적대감으로부터 자신을 보호하는 방패이며 갑옷이었다.

마지막 부분의 유령 출몰 때문에 이 작품을 사실주의 문학의 범주에 포함시키는 것을 주저하는 경우도 있다.

그러나 이 소설은 일반적으로 초기 러시아 사실주의 문학의 대표작으로 일컬으며 환상소설의 범주에 속하지는 않는다. 이유는 당대 러시아인들의 의식과 사회상에 대한 치밀하고 정교한 묘사 때문이다. 니콜라이 바실리예비치 고골리는 단지 외투 하나를 소재로 해 가난한 러시아 민중의 삶과 이들의 현실적인 생활을 묘사했다. 그리고 극도로 궁핍한 하급관리의 생활과는 대조적인 고급 관료들의 허위의식과 부도덕성까지 아울러 고발하고 묘사했다.

아카키 아카키예비치는 공문서를 정서하는 하찮은 자기 직무에도 언제나 즐거운 표정으로 충실하기 이를 데 없었던, 요령이라곤 전혀 모르는 사람이다. 이런 사람이 자기의 월급으로는 외투 한 벌도 살 수 없을 만큼 당시 러시아 민중의 가난은 고질적이었다.

아카키 아카키예비치의 유령은 사람들의 죄의식에 의한 착각이 만들어낸 환상일 가능성이 크다. 그토록 성실하게 살아온 사람이 외투 한 벌 장만에 갖은 애를 쓰다가 허무하게 외투를 잃고 상심한 나머지 죽는다는 설정은 다소 희극적이다. 그런데 바로 희화적인 인물로 묘사된 아카키 아카키예비치의 죽음은 오히려 그 비참함을 생생하게 강조하는 역할을 한다. 아카키 아카키예비치의 비참함은 단지 가난 문제만이 아니라 가난 때문에 자존심에 상처받고 멸시를 감내하면서까지 웃음거리가 된 힘없는 개인의 모습이기 때문이다.

아카키 아카키예비치의 새 외투는 단순한 의복의 의미를 넘어서 험한 세상의 멸시와 적대감으로부터 자신을 보호하는 하나의 방패이자 갑옷이었던 셈이다. 이러한 의미의 외투를 빼앗긴 그는 세상과의 싸움에서 패배를 인정하고, 세상으로부터 자신을 소외시켜 버린다.

아카키 아카키예비치를 공포에 떨게 한 무자비한 고관도 사실은 자신의 권력에 취한 속물적인 사람 중 하나일 뿐이지 연민이라든가 양심을 모르는 인물이 아니었다. 그랬기에 그의 죽음을 전해 듣고 나름대로 괴로워하기도 하고 급기야 유령이라는 환상까지 본 것이다. 그의 죽음에 일조한 사람이 실은 그다지 악랄한 사람이 아니라는 설정으로 우리는 아카키 아카키예비치의 죽음이 단순한 가난의 문제만도 아니고 악하고 무자비한 특정인 때문도 아니라는 사실을 이해하게 된다.

고골리 문학의 조소적 경향은 그 작품의 사실적 경향 만큼이나 중요한 특징의 하나이다.

알렉산드르 세르게예비치 푸슈킨을 근대 러시아 문학의 아버지라고 한다면, 고골리는 러시아 사실주의 문학의 어머니라 불린다. 사실주의는 사회를 면밀하게 관찰하고 그 모순점을 특정한 소설적 소재를 통해 형상화하는 기법이다. 직접적인 비판이나 관념적인 설명을 피하고 사물에 대한 정확한 묘사를 통해 간접적으로 제시하는 것이 사실주의의 특징이다.

특히 러시아 사실주의는 정치적 암흑기에 문학으로 정치적 발언을 할 수밖에 없었으므로 사상적 측면이 강하다. 고골리의 작품은 가난한 사람들에 대한 동정과 연민, 관료사회에 대한 신랄한 비판이 축을 이루고 있다. 푸슈킨이 민중문학가로서의 면모를 지녔다면 고골리는 특유의 조소적 재능을 발휘해 '눈물을 통한 웃음'으로 감동을 준다.

고골리의 또 다른 걸작 『죽은 혼』은 봉건 러시아의 농노제와 관료적 부패를 특유의 비판적 사실주의로 그려내고 있다. 주인공인 사기꾼 치치코프는 갓 사망해 아직 명부에 등록되지 않은 농노의 시신을 사들여, 농노의 주검을 담보로 돈을 빌린 뒤 먼 곳에 가서 귀족으로 살 계획을 세운다. 『죽은 혼』은 농노의 주검을 파는 일은 부자들의 재산세를 줄여주는 일이어서 지주들이 이러한 부정한 거래에 암묵적으로 동의하고 있다는 충격적인 내용을 다루고 있다.

당시 러시아의 비참한 현실을 뚜렷하게 들춰낸 이 작품을 계기로 고골리의 명성은 더욱더 드높아졌다.

니콜라이 바실리예비치 고골리는 1809년 러시아 우크라이나 지방의 소로친치에서 소귀족의 아들로 태어나 소년 시절을 보냈다. 그곳은 다채로운 농민 생활과 더불어 카자흐의 전통과 다양한 민속 문화가 전래되고 있었다. 그는 이 우크라이나 생활과 자연을 배경으로 한 단편소설집 『디칸카 근교의 야화』를 발표해 호평을 받았다.

태어난 곳이 러시아 제일의 농업지역이다 보니 고골리가 만년에 농노제의 개혁론자가 된 것은 어쩌면 당연한 귀결이었는지도 모른다.

산문 분야에서 고골리는 푸슈킨의 후계자였다. 그는 푸슈킨의 조언이 없었더라면 무엇 하나 고찰해 낼 수도, 쓸 수도 없었을 것이라고 회상할 정도였다. 그러나 두 사람의 작품 경향은 서로 달랐다.

푸슈킨이 아름답고 시적인 산문을 쓰는 작가라면, 고골리는 생활 속에서 추악하고 천박하며 우스꽝스런 것들에 주목하고 이것들을 묘사했다. 고골리 작품이 지니는 의의는 민중의 이익에 반하는 것을 부정적으로 묘사함으로써, 아름다움에 대한 긍정과 이상에 대해 동경을 불러 일으키게 함에 있다.

고골리의 사회사상은 보수적이지만 만년에 가서 그는 신비주의 설교자, 농노제 개혁론자가 된다. 그의 예술가로서의 감각과 사회사상간의 불일치는 『죽은 혼』의 창작 과정에서 나타난다. 제1부에서 농노제와 전제정치 아래의 지주 및 관료 모습을 표현한 그가 제2부에서는 개심한 치치코프와 함께 고골리적 이념에 입각해 새로운 러시아를 건설할 긍정적인 인물을 등장시킨다. 그러나 자신의 이상에 의해 창조된 이러한 인물은 현실에서 존재하기가 불가능했고 생명이 없는 허구일 수밖에 없었다.

사상과 예술적 창조 사이에서 비롯된 모순은 그를 격심하게 혼란케 했으며 이 결과 고골리는 생애 마지막 10년을 바친 제2부 원고를 불태우고 기도와 단식으로 지내다가 숨을 거뒀다.

명작이 던지는 질문

1) 아카키 아카키예비치의 유령에 대해 생각한 바를 얘기해 보세요. 이 작품은 사실주의 소설임에도 유령이 등장하지요. 이 부분이 독서를 방해하는지, 인상적이었는지를 얘기해 보세요.

: 유령이 등장하긴 하지만 소문이었고, 외투를 던져준 관리는 아카키라는 불쌍한 사내의 죽음에 대해 죄책감과 연민을 가졌기 때문에 그런 환상을 봤을 수도 있다고 봐요. 적어도 작품 내에서는 유령이 사람을 응징한다거나 특별한 의미로 해석될 만한 능동적인

면이 없기 때문에 리얼리티를 훼손할 정도는 아니라고 봐요.

: 작가는 의도적으로 유령의 존재를 희미하게 그려냈어요. 사실 전 개인적으로 아카키의 유령이 악한 사람들의 외투를 빼앗아서 불쌍한 사람들한테 갖다 주기라도 했으면 하는 생각이 들었어요. 외투 때문에 사람을 멸시하고 괴롭히고, 또한 그토록 순진하고 성실한 사람을 알아주지 않는 세상에 대해 아카키는 얼마나 한이 많았을까요. 사람이라면 누구나 필수적으로 가져야 하는 외투 같은 것을 가지지 못한 채, 험난한 세상에 무방비로 서 있는 때가 있을 거 같아요.

2) 러시아 고전은 우리나라 사람들에게도 많은 공감과 호응을 불러 일으키는 경우가 많아요. 영미 문학과는 조금 다르게 러시아 문학이 유독 우리 독자들에게 공감을 주는 이유는 무엇일까요?

: 영미 문학이 우리에게 감동을 주지 않는 것은 아닌 것 같아요. 영미 문학의 감동이 보편적 인간 정서에 대한 공감이라면 러시아 문학은 고단한 역사 속에서 피폐한 민중의 삶과 그들의 애환을 표현했기 때문인 것 같아요. 고골리의 『외투』만 해도 고급 관료의 모습을 일제 강점기의 일본인 순사로, 아카키의 모습을 핍박받는 우리 민족의 모습으로 보아도 전혀 이상할 게 없거든요. 우리나라 상황과는 전

혀 딴판이지만 그런 의미에서 공감하는 게 아닌가 싶어요.

 : 좋은 문학 작품은 언제나 시간과 공간을 초월해 독자들에게 감동을 주는 것 같아요. 시대를 넘어서 여전히 널리 읽히는 작품을 그래서 고전이라고 하잖아요. 비단 러시아 문학만 그런 것 같지는 않은데요. 그렇지만 알퐁스 도데의 작품 『마지막 수업』을 읽으며 우리나라 일제 강점기에 말과 글을 빼앗긴 역사적 사실을 떠올리면서 공감할 수 있듯이, 특정한 정치 문화적 배경이 유사하거나 비슷한 정서를 유발하는 작품이 있기는 해요.

러시아를 대표하는
작가 푸슈킨, 정치가
레닌

보드카와 춤의 특징이 강
한 슬라브 민족. 풍류를 즐
겼던 슬라브 민족의 후예
답게 러시아는 발레와 오
페라, 보드카가 유명하다.

러시아 모스크바를 흐르는
모스크바 강

1917년에 러시아에서 일어난 3월
혁명과 10월 혁명. 이로 인해 러
시아는 세계 최초로 사회주의
혁명이 일어났다.

모스크바의 풍경과 오룔의 사진. 오룔에는 러시아의 작가인 투르게네프·안드레예프·부닌·레스코프 등이 태어났거나 거주했으며 작가 투르게네프의 생가가 박물관으로 보존되어 있다.

13 첫사랑

『첫사랑』 캐릭터 한눈에 살펴보기

블라디미르: 열여섯 살의 대학 준비생. 자신에게 냉정하고 때론 변덕스럽게 구는 아름다운 연상의 여인 지나이다에게 반한 열정적이고 단순한 성격을 소유한 젊은이다. 지나이다가 사랑하는 사람이 있음을 알고 연적을 죽이려고 깊은 밤에 칼을 품고 그를 기다리다가 뜻밖에도 그 사람이 아버지라는 사실을 알고 고통스러워한다.

지나이다: 많은 젊은이의 눈길을 잡아 끌 만큼 아름다운 공작의 딸. 가난하지만 품위를 잃지 않으려는 도도한 여성이며, 타고난 아름다움 덕에 자신에게 구애하는 숱한 남성을 희롱한다. 그러나 정작 부인이 있는 아버지뻘의 남자(블라디미르의 아버지)를 사랑해 고통스러워한다. 몇 년 후 결혼하지만 아이를 낳다가 숨진다.

블라디미르의 아버지: 품위 있고 위엄을 갖춘 중년 신사. 지나이다의 격정적인 사랑을 받고 자신도 그녀를 사랑하지만 그것이 지속될 수 없다는 것을 알고 있다. 그러나 그도 자기 자신은 제어하지 못한다.

첫사랑, 그 맹목의 격정

누구나 한번은 겪게 되는 첫사랑이 우리 인생에 무슨 일을 저지르는가. 저마다 다르겠지만 상대가 알아차리지도 못한 짝사랑으로 끝난 첫사랑도 있고, 인생의 방향을 바꿀 만큼 강한 흔적을 남기는 첫사랑도 있다. 이반 세르게에비치 투르게네프의 작품에 등장하는 첫사랑은 짝사랑이지만 이로 인해 커다란 심적 갈등과 성장을 겪는 첫사랑이다.

이 소설에서 지칭하는 첫사랑은 잡히지 않는 지나이다에 대한 질투로 충만하고 맹목적인 블라디미르의 사랑이기도 하지만, 숱한 젊은이의 사랑을 받으면서도 자신은 정작 파멸을 부르는 가망 없는 사랑에 빠져드는 지나이다의 사랑이기도 하다.

사랑은 상대가 알아차리지도 못하는 짝사랑으로 끝나기도 하고 인생의 방향을 바꿀
만큼 강하게 흔적을 남기기도 한다. 그러나 행복보다 파멸을 가져다 주기도 한다.

"나는 오늘부터 당신을 시동으로 삼을 테니 그렇게 아세요. 시동이란 항상 주인 곁을 떠나서는 안 된다는 걸 잊지 마세요. 자, 이게 당신이 새로 받은 직위의 표시예요."

그녀는 내 재킷 단춧구멍에다 장미꽃을 꽂아주며 이렇게 덧붙였다.

"내가 당신을 총애한다는 증표예요."

블라디미르의 첫사랑은 순수하지만 어리석고, 열정적이지만 욕정으로 가득 찬 전형적인 젊은이의 사랑이었다. 한편 지나이다의 첫사랑은 자신을 사랑하는 남자의 아버지를 사랑하는 금기를 범하였기에 종국에는 파멸을 가져오는 지극히 불온한 사랑이다. 그럼에도 불구하고 그녀의 사랑은 연인으로부터 채찍으로 맞은 자리에 입을 맞추는 행위로 상징된다. 불온한 사랑으로 인한 자신의 상처에 기꺼이 입을 맞추는 격정적인 사랑이었다.

아버지는 프록코트의 앞깃에 묻은 먼지를 털고 있던 채찍을 느닷없이 들어 올렸다. 뒤이어 팔꿈치까지 드러난 그녀의 팔위로 떨어지는 날카로운 채찍 소리가 들렸다. (중략) 지나이다는 부르르 몸을 떨고는 말없이 내 아버지를 쳐다보았다. 그리고 자기 손을 천천히 입술로 가져가서 뻘겋게 달아오른 손에 난 채찍 자국에 입을 맞추었다.

두 사람의 어긋난 첫사랑은 강한 열망에도 불구하고 결코 이루어지지 않으며, 거기에 대한 대가가 무척 가혹하다는 점에서 이들 인생 속에서 맹독으로 작용하고 있다. 그렇다면 작품 전면에 드러나지 않는 아버지의 사랑은 어떤 것이었을까. 그는 적어도 그 사랑의 비극적인 결말을 알아차리고 그것에 저항했다. 작품 속에서 채찍으로 지나이다를 후려치는 장면으로 충분히 짐작할 수 있다. 그러나 그도 결코 사랑의 격정에서 자신을 지켜내는 일에는 성공하지 못한다.

각각의 인물들은 저마다의 사랑으로 고뇌하고 상처를 받을 뿐, 아무도 잘못된 사랑으로 인한 행복과 희열을 느끼지 못한다. 그럼에도 인간은 누구나 일생을 살면서 여러 번 사랑에 빠져드는 아이러니를 겪는다.

죽음 앞에서 아버지가 아들에게 남긴 고백은, 사랑이 주는 행복보다 파멸의 속성에 대한 경고이다. 그러나 이와 무관하게 인간은 누구든지 똑같은 함정에 다시 빠져들 수가 있다.

"내 아들아, 여자의 사랑을 두려워해라. 그 행복, 그 독을 두려워해라."

이반 세르게예비치 투르게네프는 1818년 중부 러시아 오룔 지방의 부유한 귀족 집안에서 태어났으며 이후 모스크바로 이주했다. 그는 성격이 포악한 어머니가 자신의 영지에 있는 농노들에게 행하는 갖은 악덕을 목격한 이후 농노제의 부당함에 깊이 분개했다. 그래서 그는 어머니가 막대한 유산을 남기고 사망하자 자신의 농노들을 해방시키기도 했다.

대학을 졸업한 이후엔 생애 대부분을 서유럽에서 보냈다. 러시아 상류사회 출신으로 서유럽에서 살아갔다는 것은 러시아의 가난이나 러시아적 문제를 몸소 겪기보다 한 발짝 떨어져 지켜볼 수 있었다는 의미이다. 어려서부터 농노들의 고통을 보며 자라온 그는 조국 러시아의 농노제를 반대하는 작품 『사냥꾼의 수기』를 출간했다. 이 작품은 곧 러시아와 서유럽에 동시에 알려지면서 그는 당장 유명해졌고 그 시대의 젊은 작가들은 그를 스승으로 여겼다. 이들에게는 위대한 작가로서 뿐만이 아니라 사회 여론을 주도하는 지도자로 존경받았다.

투르게네프는 오랜 외국 생활을 통해 유럽 문화를 광범위하게 이해한 자유주의적, 인본주의적 지식인이었다. 그의 문학은 러시아 문학을 유럽에 소개하는 데 크게 기여했으며 유럽의 문학에까지 많은 영향을 주었다.

『첫사랑』은 투르게네프가 창작이 아니라 자신의 과거라고

고백할 정도로 자전적 성격이 강하다. 이 때문에 각 인물의 성격에 대한 형상화와 사랑에 맹목적으로 빠져드는 젊은이의 혼돈스런 심리 묘사가 매우 사실적이고 섬세하다. 결국 누구도 사랑을 통해 행복을 얻지 못하며 아무도 사랑 앞에서 승리할 수 없음을 보여주는 결말은 투르게네프 자신의 애정관과 크게 다르다고 할 수 없다.

투르게네프의 사랑은 일생 동안 순정했다. 그는 폴린 비아르도라는 유명한 프랑스의 메조소프라노 가수를 짝사랑해 평생 독신으로 지냈다. 만났을 때 이미 결혼한 폴린 부부와 그는 일생 사랑과 우정을 나누며 지냈다. 폴린의 남편 비아르도는 문학과 사냥을 좋아하는 사람으로 투르게네프와 친구가 돼 서로 자주 방문했으며, 투르게네프가 프랑스에 머무르는 동안에는 이들 부부의 집에서 살기도 했다. 이들의 묘한 삼각관계에 대해서 소문은 무성하지만 구체적인 자료로 남은 것이 없다. 다만 예술을 사랑한 투르게네프는 폴린의 음악적 재능을 특히 사랑했으며 이들 부부와의 신뢰와 애정은 몹시 돈독했던 것으로 알려져 있다.

일생 결혼하지 않고 폴린만을 짝사랑한 투르게네프에 대해 어떤 사람은 어린 시절 그가 목격한 아버지의 난잡한 생활에 대한 혐오 탓이라고 평하기도 한다. 『첫사랑』에 등장하는 매력적이지만 무책임하고 비도덕적인 블라디미르의 아버지는 작가 본인의 아버지 인상을 재현하고 있다.

한편 투르게네프는 여성 인물의 형상화에 있어서 어떠한 러시아 작가보다 탁월했다. 여성에 대해 부덕의 의무만을 강요하는 레프 니콜라예비치 톨스토이나 여성인물을 부수적으로 처리하는 니콜라이 바실리예비치 고골리에 비하면 그가 형상화한 여성 인물은 현대 시각에서 보더라도 아름다운 모습과 변덕스러운 성격, 예민한 심리를 섬세하게 잘 묘사하고 있음을 알 수 있다.

『사냥꾼의 수기』에 대해서는 사상 논쟁 측면을 배제하고 리자와 라브레츠키의 좌절된 사랑에 관해서만 살펴보자.

주인공 라브레츠키는 파리에 살면서 사교계의 꽃으로 행세하는 아내의 부정을 목격한 뒤 혼자 아내를 파리에 남겨두고 귀향한다. 그는 영지를 돌아보고, 말을 타고, 독서를 즐기며 즐겁고 평화롭게 지낸다.

그러던 중 아름답고 청순한 리자와 가까워지며 서로를 신뢰하게 된다. 리자는 스스럼없이 그에게 아내와 헤어진 이유를 묻고, 하느님이 맺어준 관계를 끊을 순 없다면서 아내를 용서할 수 있어야 한다고 말한다. 어린 시절부터 신앙심 깊은 유모로부터 순종과 의무와 희생만이 미덕이라고 배운 순박한 리자에게 이혼은 있어서는 안될 일이었다.

라브레츠키는 어느날 신문에서 아내의 사망 기사를 보고 자유를 느끼지만 리자는 용서를 생각해야 한다고 충고했다. 라브레츠키는 자신과 리자가 같은 것을 사랑하며 미워하고 있음을 깨닫는다. 그리고 그녀에게 청혼하고 리자는 그의 사랑을 받아들인다.

그러나 다음날 죽었다는 아내가 나타나 횡설수설하며 딸을 위해 자신의 잘못을 용서해줄 것을 간청한다. 아내의 갑작스런 출현을 리자에게 알리자 리자는 서로가 각자의 의무를 수행해야 하며, 아내와 화해하라고 말한다. 그녀의 말에 따라 라브레츠키는 아내와 딸을 데리고 라브리키로 떠나고, 일주일 후에는 혼자 모스크바로 간다. 1년 뒤 그는 리자가 벽지의 수도원에 들어가 수녀가 됐다는 소식을 전해 듣는다.

이 작품에서도 역시 아무도 사랑을 이루지 못하고 사랑을 통해 행복도 성취하지 못하는 고전적인 비극의 결말을 보여준다. 그러나 이들의 비극은 사실상 사랑의 속성과는 무관한 당대 러시아의 시대 상황과 관련돼 있다. 잘못 이해된 도덕과 종교적 관습이 이성과 상식의 길을 가지도 않을 뿐만 아니라 갈 수조차 없는 리자와 같은 인물을 만들어냈다. 리자와의 사랑 대신 아내와 자식에 대한 의무를 택한 라브레츠키는 그 자신이 새로운 사상과 신념을 위해 몸을 바쳤지만 자기 세대의 한계를 인식하고 다음 세대에게 희망을 건다.

투르게네프는 고뇌하고 사색하면서 척박한 땅에 씨를 뿌린 사람들의 시대가 가고 나면 실천하고 일해 수확하고 결실을 보는 것은 그 다음 세대의 과업이라는 것을 통찰했다. 우리가 현재 당연한 듯 누리는 많은 것 역시 수많은 한국의 라브레츠키들이 척박한 땅을 갈아 뿌린 씨가 싹이 트고 열매를 맺어 다음 세대가 땀 흘려 거둬들여 즐기고 있는 것이다.

1) 첫사랑의 주제는 사랑이 인생에 달콤한 행복을 주는 것만은 아니라는 거지요. 특히 첫사랑은 성장통과도 같아서 세월이 지나 반추해 보면 아쉽거나 아프거나 둘 중 하나이기 쉬워요. 그런데 블라디미르의 아버지 말처럼 사랑은 과연 독인지, 인생의 함정인지를 한번 이야기해 봐요.

: 지나이다처럼 그렇게 불륜적인 사랑이라면 인생의 독이 되고 함정이 되는 거겠지요. 블라디미르의 경우에는 뜻대로 되지 않은 사랑에 상처받고 우롱당하면서도 이것이 자신을 성숙시키기도 하잖아요. 사랑은 일생동안 누구에게나 일어나는 일이지요. 사랑 그 자체가 인생의 독이 되진 않아요.

: 사랑을 윤리 잣대로 재단할 수 있나요? 지나이다의 사랑이 나이 많은 유부남을 향한 것이었기에 불륜이었다고 하더라도 이 역시 사랑이지요. 위험을 무릅썼기 때문에 어쩌면 더 깊고 열정적인 사랑이기도 하고요. 사랑의 격정에 이기지 못하면 그것이 독이 될 수도 있을 것 같아요. 저는 인기있는 대중 가수가 첫사랑이었어요. 그런데 콘서트에 가기 위해 아르바이트하느라 시험도 망치고, 성적도 떨어지고, 부

모님한테 혼나고……. 나름대로 당시 제 생활의 독이었던 것 같아요.

2) 그렇다면 사랑의 격정이 인생에 돌이킬 수 없는 흔적을 남기고, 사랑에 빠진 당사자를 파멸케한 모습을 그린 다른 작품 이야기를 해 볼까요?

: 톨스토이의 『안나 카레니나』요. 전 영화로도 보았어요. 소피 마르소 주연의 영화 말이에요. 톨스토이는 언제나 교훈적이고 윤리적인 측면을 강조하는 작품을 썼기 때문에 영화 『안나 카레니나』에서 불륜의 사랑에 빠진 안나는 자살할 수밖에 없었어요. 그리고 당대 러시아의 윤리나 사회적 관점에서 보면 그것은 타당한 결말일 수도 있었지요. 그러나 현대에 태어났다면 다른 결말도 가능했을 것 같아요.

: 스탕달의 『적과 흑』이요. 그토록 아름다운 쥘리앵 소렐은 사랑 때문에 전도유망한 청년의 인생을 망치고 살인자가 돼 사형을 당했잖아요. 그리고 소렐을 사랑한 두 여성 인물도 마찬가지였고요. 아무도 사랑을 얻지 못했고, 오히려 사랑 때문에 불행해졌잖아요.

인류 역사상 최대 규모의 토
목공사 유적이자 중국 최대
의 관광지 만리장성

동방에서 서방으로 간 대표
적 상품이 중국산의 비단이
었기 때문에 비단길 즉, 실
크로드라 불린다.

해외에서 '베이징 오페
라'로 알려진 중국의 경
극. 무용적인 동작, 화려
한 분장이 특징

중국 전통의상인
치파오

world tour

중국은 어떤 나라?

세계 육지 면적의 15분의 1을 차지하는 넓은 국토를 가진 중국의 기후는 냉대부터 열대까지 매우 다양하며 토양 또한 다양하다. 중국은 중세기에는 유럽을 능가하는 조선기술을 비롯해 기나긴 역사로 빚은 눈부신 문화와 문물을 가지고 있다. 그래서 오늘날 서구에서 보는 동양의 신비로움이나 경이감은 거의 중국에서 기인한다고 봐도 과언이 아니다.

지난 10여 년 동안 개방정책으로 돌아선 중국은 서투른 자유경제정책과 형편없는 불량제품 생산으로 질 낮은 물건과 함께 먹으면 목숨을 잃을 수 있다는 엽기적인 불량식품 생산국의 오명을 받기도 했다. 그러나 넘치는 인구와 적극적인 정책 실시로 무한한 가능성이 있는 시장으로 주목을 받으면서 전 세계의 이목을 집중시키고 있다.

1949년 10월 1일 중국공산당이 베이징에서 중국의 성립을 선언하고 국민정부군을 대륙에서 몰아냄으로써 국토를 평정했다. 그러나 건국 이래 40여 년 동안 폐쇄된 공산체제 속에서 경제적으로 매우 낙후됐으나 1990년대 들어 자유시장경제 체제를 도입함으로써 안정을 찾고 근대화에 매진하고 있다. 중국에 있어서 근대화는 곧 서구화와 수정주의를 의미하기 때문에 이들의 정신적 지도자였던 카를 마르크스나 마오쩌둥의 입장에서는 벗어난 것이었다.

중국의 베이징 사진과 중산대학.
베이징은 2008년 제29회 하계올림
픽 경기대회 개최지로 선정되었다.

14 광인일기

『광인일기』 캐릭터 한눈에 살피기

광인: 누이동생의 죽음을 형이 잡아먹은 것으로 생각하는 피해망상증 미치광이다. 그러나 광인은 오히려 그릇된 야만의 시대에 홀로 각성한 선지자이다.

아버지: 이 작품에서 아버지라고 직접 언급하는 단어는 보이지 않는다. 다만 라오쯔(老子)라는 명칭을 통해 간접적으로 아버지임을 암시한다. 굳이 아버지라는 호칭을 숨긴 것은 그만큼 작가가 아버지로 대변되는 구세대와 인습에 대한 단절을 원하기 때문이다.

가족: 큰형이 부모가 편찮으면 자식은 자기의 살점이라도 베어서라도 삶아 먹게 해야 효자라고 말하자 어머니도 안 된다고 하지는 않는다. 이 말을 들은 광인은 한 점을 먹을 수 있다면 송두리째 먹을 수도 있는 것 아닌가 하는 의문을 가진다. 어머니와 형은 같은 시대의 일반 사람들과 같이 인습에 젖어 올바른 가치판단이 불가능한 모습으로 그려진다.

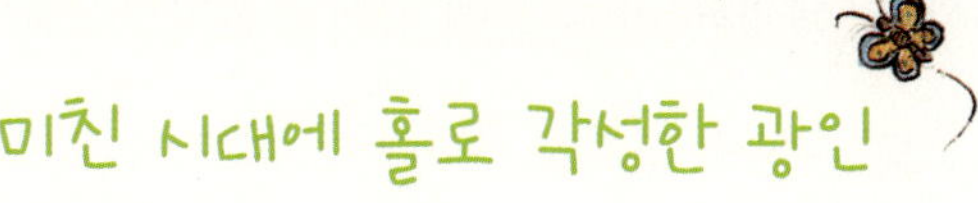

미친 시대에 홀로 각성한 광인

『광인일기』는 중국 최초의 현대소설이자 백화체(구어체) 소설로서의 의미가 크다. 이 작품은 충격적인 식인의 비유를 들기 위해 광인의 입을 빌렸으며, 메시지의 생생한 전달을 위해 일인칭 일기 형식을 취하고 있다.

『광인일기』는 루쉰의 첫 작품으로 이 작품을 쓴 무렵(1918)의 중국은 신해혁명(1911)의 참담한 실패로 상처를 받고 있는 시기였다. 작중화자인 광인이 그토록 두려워하는 '잡아먹힐' 것 같은 불안은 중국의 불안인 동시에 루쉰의 불안이었다. 자신이 언젠가 잡아먹힐 것 같은 근거 없는 공포라든가 누이동생의 죽음을 형이 잡아먹었기 때문이라고 생각하는 것은 명백히 정신분열증적 피해망상이다. 그러나 광인의 망상은 중국의 봉건제도에 대한 신랄한 비판을 위해 빌려온 하나의 은유이다. 이것은 곧 자신이 잡아먹힐지도 모른다는 불안에서 앞으로 자신도 다른 누군가를 잡아먹을 지도 모르고, 이미 자신도 누군가를 잡아먹었을지도 모른다는 착각으로 점점 치닫게 된다.

광인의 입을 빌려 사악한 것이어서 버려야한다고 강변하는 식인의 풍속이란 다름 아닌 중국의 봉건적 관습이다. 부도덕한 식인의 풍속처럼 이것은 루쉰에게 민족의 존속을 위해 반드시 버려야만 하는 야만이었다. 이런 이유로 이 작품은 당대의 의식과 관습에 비추면 상당히 급진적인 메시지를 전달하는 계몽주의적 소설이다.

루쉰은 소설에서 광인의 목소리를 빌려 인습에 매인 중국의 봉건적 전통 관념과 여기에 젖은 사람들을 맹렬히 비판하고 있다. 그런데 소설의 진행에 따라 점점 강도를 더해가는 광인의 망상은 오히려 명철한 사회고발 양상으로 발전했다. 광인을 둘러싼 정상적인 사람들은 무지하고 몽매한 채 봉건체제에 함몰된 민중의 모습으로 그려진다. 반면에 광인은 오히려 봉건체제에 반대하고 근대를 추구하는 계몽자로서 누구보다 각성한 상태에 있다. 여기에서 루쉰 특유의 아이러니 미학이 발견된다.

이를테면 미쳤다는 것은 몽매한 대중이며 광인만이 홀로 각성해 있는, 미친 시대에 대한 완강한 저항의 의미가 담겨 있다. 초인이나 선각자가 아닌 한 광인이 사람들을 일깨우고 지도하는 근대적 의식

오랫동안 지켜져온 인습과 근습이 사실상 비합리적이고 모순적이어서, 반드시 타
파해야 한다고 섣불리 주장하다간 사람들로부터 미치광이 취급을 당할 수도 있다.
광인의 행동 속에 숨어 있는 한 지식인의 고민이 예사롭지 않은 이유이다.

의 소유자란 것이 이 소설의 특징이다.

　처음에는 잡아먹힐 것 같다는 불안과 두려움에 떨던 광인이 사람들을 타일러 식인풍속에서 벗어나게 하려는 시점에서 광인은 계몽가로서의 면모를 보인다. 그러나 이것은 실패하고야 만다는 루쉰의 비관적인 태도를 통해 당시의 암울한 시대 상황 아래 아무것도 낙관할 수가 없는 지성인의 고민을 짐작할 수 있다.

　작가는 작중화자를 통해 자신도 이미 식인을 했을지도 모른다는 반성과 함께 아직 식인에 동참한 적이 없는 아이들을 구원하라는 외침을 통해 새로운 세대에게 희망을 건다. 이것은 루쉰의 자기한계에 대한 자각이며 아직 봉건체제의 폐해에 젖지 않고 그 운용 과정에도 함께 하지 않은 다음 세대에게 자리를 내주는 의미다.

　광인의 입을 빌려 그토록 인습 타파를 주장한 루쉰 자신이 일본 유학 도중에 잠시 귀국해 인습적인 결혼을 한다. 이 일로 그의 생애는 큰 상처를 입었고, 당대에선 누구보다 앞서 신학문을 익히고 유럽 사상가에 심취한 개화 청년이었지만 어쩔 수 없이 인습의 피해자가 됐다. 홀로 각성한 사람이라 해서 미친 시대를 상처 없이 건널 수는 없는 일이었다. 광인이 작품 속에서 보여준 '나도 누이동생의 고기를 먹었다' 라는 자각은 작가 자신의 어쩔 수 없는 인습적 결혼에 대한 은유로도 읽을 수 있다.

　루쉰의 이름은 유머러스한 풍자소설 『아큐정전』으로 세계인에게 널리 알려졌다. 자신이 말하고자 하는 내용을 『광인』에서 미치광이 입을 빌린 루쉰은 『아큐정전』에서는 바보의 입과 눈을 빌려 정상적이고 똑똑한 사람들이 모인 세상을 풍자하고 있다.

격동기를 온몸으로 살다간 고뇌에 찬 중국 지성인, 루쉰

　　루쉰은 중국의 뛰어난 문학가이자 사상사이며 교육자이다. 19세기 말~20세기 초엽의 구질서가 붕괴하고 새로운 문화가 뿌리내리는 역사적인 과도기에 문화혁명을 주도하기도 했었다. 또한 조국의 근대화에 앞장선 인물이다. 루쉰에 대한 연구와 평가는 세계적으로 활발하게 이뤄졌으며, 그에 대한 중국인들의 사랑과 관심 또한 대단하다.

　　루쉰의 문학은 평탄한 시대를 살다간 여느 예술가와는 달리 애국적, 애족적 동기에서 시작됐다. 그는 중국의 독립과 근대화를 방해하는 요인을 유교를 모체로 하는 봉건적 관념으로 보았으며, 무엇보다 봉건사상에 젖어있는 농촌의 계몽에 힘썼다. 그는 산업 증대와 자원 개발을 강변했으며 이를 통해 중국이 살아날 수 있다고 보았다. 루쉰은 이것을 방해하고 사회에 해악을 끼치는 미신을 타파하는 한편 봉건사상의 폐해를 계몽하려는 일관된 목적으로 작품 활동을 했다.

1) 루쉰은 격동기를 애국적, 애족적으로 살아간 지식인의 전형적인 바른 삶을 보여주는 인물입니다. 중국인에게 대단한 존재이며 세계적으로도 널리 연구되는 인물이기도 하지요. 우리나라의 애국적 문학인 또는 사상가 중에 비교할 만한 사람을 들어보세요.

: 윤동주, 한용운, 이육사 등 교과서에서 배운 수많은 시인이 생각나요. 이분들은 일제에 쫓겨 자취조차 제대로 남아있지 않지만 비교하기에 부족함은 없다고 생각해요. 민족이 불행한 일을 당할수록 애국자가 필요하고 또 이들이 출현하게 되나 봐요. 크나큰 민족적 불운이나 외세 침략을 겪은 적이 없는 유럽 국가나 미국에서는 애국자를 정치인이 아닌 문인 가운데에서 찾기 힘들잖아요.

: 저도 윤동주 시인을 떠올렸어요. 잎새에 이는 바람에도 괴로워하는 여리고 섬세한 양심으로 살다간 청년 이미지요. 루쉰은 그리 일찍 죽은 편은 아니지만(1881-1936) 『광인일기』나 『아큐정전』을 읽어보면 계몽적 작품인데도 나서서 가르치려는 권위적인 어조가 없잖아요. 진정으로 민족을 걱정하는 마음이란 무지한 대중을 연민하면서 생기는 것이지 비난하면서 생기진 않는 것 같아요.

2) 루쉰 문학의 한 특징인 아이러니에 대해 말해 볼까요? 그리고 그의 문학에서 아이러니 미학은 어떻게 드러났는지도 얘기해 보세요.

 : 아이러니는 사람들이 어떤 상황에서 보통 예상하거나 어떤 낱말 또는 어구에서 일반적으로 연상하는 의미와 다르거나 반대의 의미를 창조하는 수사법상의 기술을 말해요. 아리스토텔레스는 자신의 권능을 감추기 위한 일종의 자기 비하라고 했지요.

: 루쉰의 작품『광인일기』에서 미치광이가 말하는 것은 미친 소리가 아니라 가장 이성적이고 합리적인 외침이에요. 그리고 그의 다른 작품『아큐정전』에서는 바보가 하는 행동이 실은 보통 사람 또는 똑똑한 사람보다 오히려 더 옳고 현명하다는 것을 강변하지요. 선지자가 나서서 사람들의 무지를 일깨우거나 아주 똑똑한 사람이 나서서 어떤 방식대로 살아가는 것을 보여준다면 소설의 재미도 반감될 뿐 아니라 설득력도 떨어질 것 같아요. 이런 면에서 아이러니 미학은 작가가 원하는 것을 이보다 효과적으로 표현하는 방법 중에 하나이지요.

Chapter 3

아메리카

미국은 17세기 초엽부터 영국의 식민지였으며 독립 후에는 주로 유럽으로부터 이민을 받아들이고 근본적으로 유럽사회 문화를 이식 확대시킨 나라라는 성격을 지니고 있다.

그러나 현재는 유럽과 다소 이질적이고 독자적인 문화와 정신적 풍토를 가진 세계인의 이민을 통해 이룩된 국가이다. 이와 함께 미국은 토종 아메리칸인 인디언 외에 이민자나 아프리카에서 강제적으로 끌려온 노예와 이들 후손에 의해 구성됨으로써 민족적 기반은 결여돼 있다.

법치주의 전통에 의한 안정된 사회 발전에 더해서 자유주의적 가치관에 대한 끈질긴 신념을 실천한 국가로 볼 수 있는 미국은 유럽과 같은 전통에 대한 자부심이 없는 대신에 세계 제일의 경제 대국이며 금세기 들어 국제사회에서 영향력을 가장 강하게 행사하는 축복받은 나라라는 긍지가 대단한 편이다.

거대한 영토 탓에 다양한 기후가 존재한다. 한대권인 알래스카와 열대권인 하와이 및 플로리다 주 남쪽 일부를 제외한 본토의 기후는 대부분 온대와 냉대에 속하며, 영토 곳곳에 무진장한 천연자원을 보유하고 있는 것으로 알려져 있다.

미국을 상징하는 자유의 여신상과 미국인들에게 휴식과 자연을 주는 센트럴파크. 도시에 지친 사람들에게 아주 유용한 장소다.

15 크리스마스 선물

소설 『크리스마스 선물』은 다시 읽어도 새삼스레 마음 한 편이 따뜻해지는 작품이다. 서로를 진정으로 사랑하지만 너무나도 가난한 젊은 부부는 서로의 크리스마스 선물을 마련하기 위해 각자 자신의 가장 소중한 것을 판다. 그리고 가장 소중한 것을 팔아서 받은 그 돈으로 상대의 가장 소중한 것을 더욱 빛내줄 머리빗과 백금 시곗줄을 산다. 그러나 이미 머리빗을 꽂을 아내의 아름다운 긴 머리카락과 백금 시곗줄에 어울릴 남편의 시계는 사라졌고, 이들이 산 물건은 이제 더 이상 필요치 않은 선물이 되고 만다. 이런 서운한 결말에도 불구하고 독자들은 안쓰러운 이들 부부의 사랑에 가슴 아릿한 감동을 느끼지 않을 수 없다.

이제는 우리도 결말 부분의 가벼운 충격이나 반전이 단편소

애처로울 만큼 가난한 이들은 부부이기 전에 서로를 끔찍이 사랑하고 있는 젊은이
들이다. 그들은 상대가 몹시도 원하는 사치품을 구하기 위해 가장 소중한 것도 내
다팔 수 있는 열정을 가진 사람들이다.

설의 한 특징임을 알 수 있을 것이다. 독자를 때로는 안타깝게 하고 때로는 당혹스럽게도 하는 충격적 결말은 단일한 플롯으로 구성되는 단편소설에 강한 인상을 부여함으로써 작품의 주제를 강조하는 역할을 한다.

그런데 독자들은 '집세 8달러의 아파트'에 사는 이들 부부가 분수에 맞게 자기가 가진 '1달러 87센트'로 적당한 선물을 마련하지 않고, 무리하게 비싼 선물을 사야 했을까 하는 의심을 가질 수 있다. 또한 델마의 머리카락은 이들이 사는 집세의 두 배가 넘는데 굳이 사치품의 일종인 백금 시곗줄을 사는데 써야 했을까라고 생각할 수도 있겠다.

그러나 이들 부부는 애처로울 만큼 가난하지만 서로를 끔찍이 사랑하는 젊은이들이다. 상대가 몹시도 원하는 사치품을 사기 위해 자기가 가진 가장 소중한 것을 내다 팔 수도 있는 열정의 소유자들이다. 주인공들의 성격은 리얼리티를 충분히 획득하고 있다. 더욱이 크리스마스 아닌가.

이들의 선물은 각자의 가장 소중한 것을 내놓고 서로의 가장 소중한 것을 위한 선물이라는 점에서, 잉여 가치가 아닌 그 자체로 사랑하는 두 사람의 진실어린 마음을 상징한다. 모든 크리스마스 선물이 이들의 그것처럼 자신의 전부를 내놓을 순 없겠지만, 오랫동안 서로에게 필요한 것이 무엇인지를 고심한 결과이기에 더욱 아름답다.

『마지막 잎새』, 존재의 의미를 찾아서

오 헨리의 문학적 성격을 잘 드러내는 다른 작품 『마지막 잎새』는 가난한 예술가들의 고단한 삶과 꿈, 좌절과 어려움 속에서도 피어나는 깊은 우정을 그려 보인 명작이다.

언젠가는 걸작을 그리고야 말겠다는 꿈을 이루지 못한 채 늙어가는 화가 베어먼은 이웃의 젊은 화가 존시가 채 피지도 못한 채 폐렴으로 죽어가는 사실을 알게 된다.

존시 역시 힘든 생활 속에서도 예술가로서의 꿈을 이루고 싶었으나 실연으로 좌절한 상태다. 폐렴을 앓고 있지만 실은 마음의 병이 더 깊은 존시는 창밖의 담쟁이덩굴 잎을 세어보며, 그 잎이 모두 떨어지면 자신은 죽을 거라는 막연한 비관으로 생의 의지를 잃어가고 있었다.

그러나 마지막 잎새는 비바람이 몰아치는 밤을 지내고도 결코 떨어지지 않았다. 그것은 베어먼이 밤새 비를 맞으며 그려놓은 필생의 명작이었다. 그러나 베어먼은 이로 인해 급성 폐렴으로 숨을 거둬야 했다.

이 결말 역시도 생각하기에 따라선 왜 베어먼이 존시 대신 죽어야 하며, 존시의 희생이 베어먼의 죽음과 바꿀 만한 가치가 있는가 하는 의심을 들게 한다.

　그러나 문학작품에서의 죽음은 현실과 다르다. 존시의 좌절은 예술가로서의 좌절이었고, 베어먼의 죽음은 완성된 예술에 대한 대가였다. 존시를 위해 그림을 그렸으나 그것은 간판 그림쟁이 베어먼이 남긴 필생의 역작이었다.

　존시가 죽음을 이겨낸 것은 베어먼이 대신 죽어서가 아니라 그의 예술혼이 젊은 작가에게 다시 생의 의지를 불어넣었다는 의미로 읽을 수 있다.

오 헨리는 단편만 300여 편을 남긴 순수한 단편작가이다. 또한 작품마다 결말부의 의외성에 충실한 편이다. 작가 생활 10년 동안 그는 미국 남부나 대도시 뒷골목의 가난한 서민과 빈민들의 삶을 다양한 기교를 통해 그려냈다.

오 헨리는 필명이며 본명은 윌리엄 시드니 포터이다. 그는 1862년 미국 노스캐롤라이나 그린즈버러에서 내과의사 아버지와 문학적 재능이 뛰어난 어머니 사이에서 태어났다. 그러나 세 살 때 어머니가 폐병으로 숨진 뒤 아버지가 가정을 돌보지 않아 형편은 극도로 나빠졌다. 결국 온 가족이 숙부의 집에 더부살이 하면서 오 헨리는 숙부의 약국 일을 도왔다.

폐병으로 숨진 어머니에 대한 어린 날의 기억은 오 헨리에게 깊은 상처로 작용한 듯하다. 유명한 작품 『마지막 잎새』에는 오 헨리 특유의 유머와 재기 넘치는 문장으로 폐렴에 대한 의인화가 탁월하게 묘사돼 있다. 뿐만 아니라 폐렴으로 걸린 사람은 예외 없이 약간의 비를 맞고 생사를 헤매다가 운명을 달리한다. 급성폐렴이 발병한지 만 하루 만에 죽는 베어멘처럼 말이다. 사람이 이렇게 쉽게 목숨을 잃는 것을 두고 리얼리티가 부족하다는 의견도 있을 수 있다. 그러나 오 헨리에게 있어서 폐렴은 자기가 알고 있는 가장 무섭고 치명적인 병이었던 것이다.

그는 1891년에 근무하던 은행에서 공금횡령 혐의로 유죄판결을 받아 5년형을 선고받았다. 오 헨리라는 필명을 쓰게 된 것은 그가 복역 중에 작품을 발표했기 때문이다. 오 헨리는 모범수로 3년 후 출옥한 뒤에 곧바로 뉴욕으로 가서 작가 생활을 시작한다. 인기작가가 되긴 했으나 생활은 쉽지 않았다. 그래서 그는 뉴욕의 도시빈민 생활을 깊이 이해할 수 있었다. 그리고 1903년부터는 「뉴욕월드」지에 단편을 기고하며 인기 작가 반열에 올라섰다.

뉴욕과 맨해튼을 비롯한 미국의 중심가는 화려함을 비길 데 없는 세계의 정치, 문화의 중심지이지만 슬럼화한 빈민가 또한 많다. 오 헨리는 중심가를 누비기보다 일상에 찌든 도시 빈민의 생활에 훨씬 공감하는 바가 컸을 것이다. 인기작가가 되어서도 정신적으로 뉴욕의 풍요를 누릴 시간은 오 헨리에게 짧았다. 그는 작가로서 채 10년을 넘기지 못하고 세상과 이별을 고해야 했다. 또한 불행한 재혼으로 인해 슬럼프에 빠져 방황하다가 1910년 과다한 음주로 인한 간경화로 오 헨리는 숨을 거두었다.

그는 사회 변화에 깊은 인식을 가진 작가는 아니었지만 정확한 관찰자라는 평가를 받고 있다. 반면에 지나치게 감상적이며 결말의 반전이 다소 경박하다는 비판도 있다. 그럼에도 불구하고 그의 단편들은 도시빈민의 삶의 한 단면을 따스한 눈으로 포착하고 이를 인상적으로 보여준다는 데에는 의견이 일치하는 편이다.

오 헨리는 1904년에 첫 단편집 『양배추와 임금님』을 발표한 데 이어 2년 후에 두 번째 단편집 『4백만』을 발표해 작가적 지위를 굳혔다. 『4백만』은 당시 뉴욕의 인구를 가리키는 숫자인 동시에 뉴욕 생활을 묘사한 작품집이다. 오 헨리 단편의 특징인 결말의 의외성을 뚜렷하게 보여주는 작품집이기도 하다.

10년 남짓한 그의 활동기를 감안하면 단편 300편은 양적으로 엄청나다. 그의 단편들은 따뜻한 유머와 은유로 종종 기 드 모파상이나 안톤 파블로비치 체호프의 작품과 비교되기도 한다.

1) 이 이야기는 크리스마스에 어울리는 따스하고 다감한 이야기예요. 그런데 우리가 완전히 공감하기에는 뭔가 석연치 않은 점도 있을 거예요. 어떤 점이 그런지 이야기해 볼까요?

: 단지 크리스마스 선물을 사기 위해 자신의 소중한 것을 내다 팔기보다는 좀 더 필요한 물건을 살 수도 있었을 것 같다는 생각이 들었어요. 어떻게 보면 세상 물정 모르는 철없는 사람들 같기도 해요. 그토록 가난한데 그 돈으로 좀 더 생활에 보탬이 되는 물건이나 실용적인 걸 살 수도 있잖아요. 난로라든가 뭐 그런 거요.

: 그건 문화적인 차이일 거예요. 왜냐하면 서구인들에게 크리스마스란 지독한 구두쇠도 개과천선하고, 범죄자도 처음 본 아이에게 캔디를 선물할 수 있는 기적 같은 날이거든요. 크리스마스에 대한 서구인들의 의식은 우리나라 설날과도 비교할 수가 없어요. 설날이 한 해가 시작하는 기쁨과 희망의 첫날이고 온 가족이 모여 함께 정을 나누는 날이라면, 그들의 크리스마스는 전 인류가 구원을 받은 날이기 때문에 한 해의 절반을 크리스마스에 대한 설렘으로 보낸다고 해도 지나친 말이 아닐 정도거든요.

2) ‘마지막 잎새’에 대해서도 이야기해 볼까요?

: 저는 존시 대신 베어먼이 죽는 설정도 마음에 들지 않았어요. 베어먼도 똑같이 소중한 생명인데 어느 누구의 인생이 더 소중하다거나 덜 소중하다고 할 수는 없잖아요? 영화에서 한 공주를 지키기 위해 등장인물들이 모두 죽는 스토리처럼 조금은 반발심이 들더라고요. 중심인물격인 예쁜 공주만 구하면 해피엔딩이 되는 많은 작품처럼 공주를 구하기 위해 죽어서 사라지는 수많은 인물들의 존재 이유와 가치는 뭘까 하는 의심이 드는 것처럼 말이죠.

: 베어먼의 죽음을 표면적으로 보면 존시에게 삶의 의지를 불러일으키기 위해 마지막 잎새를 그리고 죽었으니, 그의 생애를 존시의 운명과 맞바꾼 것 같아요. 하지만 다른 시각으로 봤을 때 베어먼은 좌절한 예술가였어요. 언젠가는 걸작을 그리고 싶은 예술가로서의 꿈은 포기하지 않았지만 이러한 꿈으로부터 멀어져만 가는 불운한 화가였지요. 이런 그의 죽음은 한 예술가의 필생의 걸작 탄생을 위한 것으로 보면 이해가 돼요. 이것은 죽어가는 한 젊은이를 되살릴 수 있을 정도였기에 더욱 의미가 있는 거고요.

보스턴은 미국의 전형적인 문화도시이다. 하버드대학교·매사추세츠공과대학교 등 대학과 연구소·박물관 및 보스턴 교향악단 등이 모여 있다. 영국풍의 오랜 건물들이 많이 있다.

16 검은 고양이

나: 액자 형식의 소설 속에서 자신의 죄를 고백하는 사형수로 등장해 자신의 살인 사실을 고백한다. 고양이 때문에 아내를 죽이게 된 극도로 불안정한 심리의 소유자이다. 자신이 잔인하게 살해한 고양이에 대한 죄의식과 그 고양이와 닮은 또 다른 고양이에 대한 피해망상 사이에서 불안해 한다.

아내: 극도로 흥분한 남편에게 잔인한 방법으로 살해당한 채 벽 속에 매장된다.

형사: 이웃의 신고를 받고 지하실을 살펴보다가 아무것도 발견하지 못한 채 떠나려고 한다. 그때 살인자인 '나'가 갑자기 새로 바른 벽을 치며 튼튼하다고 자랑하다가 벽이 무너져 내리면서 벽 안에 있던 시신을 발견한다.

독자를 오싹하게 만드는 이 작품은 액자 형식의 소설로서 한 사형수가 자신이 저지른 범죄를 고백하는 형식으로 쓰였다. 이런 장치는 이야기를 더욱 사실감 있게 전달함으로써 독자가 느끼는 공포감을 강화시킨다.

아끼던 고양이를 우연히 죽인 남자는 공교롭게도 그 고양이와 비슷하게 생긴 또 다른 고양이를 기르게 된다. 그런데 그 남자는 고양이의 가슴에 새겨진 부정형의 반점이 교수대 모양이라고 생각한다. 이것은 분명히 강박증적 이상심리라고 볼 수 있다.

놀랍게도 에드거 앨런 포는 심리학자인 지그문트 프로이트보다 앞서 인간의 잠재의식을 통찰해 병적 심리의 원인을 그곳에서 발견하고 인간 행동이 잠재의식의 지배를 받는다는 것을 확신했다.

주인공은 친구처럼 좋아하던 고양이 플루토의 눈을 도려내고, 양심의 가책을 느끼면서도 목을 매달아 플루토를 죽인다.

증오와 양심의 가책이라는 양가적 감정 속에서 주인공은 극도로 혼란한 심리 상태였다. 그는 이후 또 다른 검은 고양이가 자신을 따르는 것에 대해 마음이 괴로우면서도 이로 인해 이 고양이에 대해 증오까지 느낀다. 이것은 분명 먼저 죽은 고양이에 대한 양심의 가책이 증오로 전환되는 인간의 역설적 심리의 일단을 뛰어나게 보여주는 것이다.

주인공이 믿고 있듯이 고양이라는 동물은 어떤 초자연적 힘을 가지고 있다거나 기이한 우연에 대한 이야기로 이해한다면 독자는 이 작품을 섬뜩한 공포소설로 받아들일 것이다. 그러나 이 작품을 주인공의 불안한 심리와 인간의 양가적 감정에 대한 이야기로 읽는다면 심리소설의 하나로 이해할 수 있다.

일반적으로 이 작품을 대개 추리소설이나 공포물로 알고 있는 경우가 많은데, 포의 소설은 심리학적 관점에서 연구되는 경우도 많다.

포는 미국의 가장 인기 있는 작가 중 한 사람이다. 문학적으로 추리소설의 창시자이자, 너새니얼 호손과 더불어 미국 문학사에서 단편소설이라는 장르를 확립시키는 데 공이 큰 작가이다. 또한 세계적으로 인정받은 최초의 미국 작가이자 프랑스 상징주의 시인들로부터 추앙받은 시인이기도 하다.

자신을 따르는 또 다른 고양이 때문에 주인공의 마음은 더욱 괴로워지고, 이로 인해 이 고양이에 대해 증오심이 커간다. 이것은 양심의 가책이 증오로 전환되는 인간의 역설적 심리의 일단을 보여준다.

평자들은 흔히 포를 '미국의 꿈' 에 내재하는 악몽을 인식하고 이를 고찰한 작가로 보고 있다. 미국의 꿈은 개인적인 근면과 노력을 통해 신분이나 재산과 관계없이 누구나 성공할 수 있다는 이상을 말한다. 이것은 평등과 민주주의에 대한 꿈이기도 하다. 그런데 여기에 악몽이 내재한다는 것은 현실에서 결여된 어떤 요소로 인해 생겨나는 공포와 괴기스러움 그리고 쉽게 설명할 수 없는 힘에 의해 현실 자체가 무너져 가는 과정을 의미한다.

한편 '미국의 꿈' 은 현대의 상상력 속에서도 여전히 유효하다. 법과 질서와 제도는 완벽하게 정비된, 적어도 그렇게 믿어지는 21세기 속에서도 우리는 여전히 불합리를 경험하고 이로 인해 알 수 없는 불행감을 느낀다. 이유는 무엇일까? 이것은 혹시 우리 인간 사회 속에 인간 아닌 어떤 존재가 함께 공존하고 있지는 않을까 하는 불안함이 있다. 이러한 황당하고 실없는 공상은 뱀파이어 영화를 만들어내기도 한다. 뱀파이어는 이제 외딴 고성에 존재하는 것이 아니라 우리 생활 속에서 친구처럼 공존하다가 불시에 우리를 파멸시키기도 하고, 한없이 우리를 유예시키기도 한다.

포의 다른 작품들

에드거 앨런 포의 『모르그 거리의 살인사건』은 추리소설의 선구작이다. 명탐정 오귀스트 뒤팽이 밝혀낸 살인 사건의 범인은 사람이 아닌 오랑우탄이었다. 이 점에서 독자의 극에 달한 궁금증은 해소되고, 의외의 답에 쾌감을 느낀다. 뒤팽이 다시 등장하는 『도둑맞은 편지』는 프랑스 왕궁에서 잃은 주요한 편지를 뒤팽이 '편지꽂이'에서 찾아낸다는 내용이다. 이 작품은 가장 교묘하게 감추는 방법은 그냥 노출시켜 두는 것이라는 인간 심리의 일면을 간파하고 있으며, 이후 정신분석학자 자크 라캉이 포의 『도둑맞은 편지』로 인간의 기호 활동을 설명해 더욱 잘 알려졌다.

사랑과 죽음을 다룬 포의 또 다른 대표작 『어셔가의 몰락』은 현실과 환상이 뒤섞인 침울한 분위기 속에서 정신적, 물질적으로 몰락해 가는 한 집안의 이야기를 담고 있다. 포의 작품 속에서 붕괴와 몰락, 매장은 중요한 모티브이다. 우리가 읽은 『검은 고양이』에서도 주인공이 이유 없이 광포해져 살인과 매장을 서슴지 않았음을 떠올려보자. 이 결말은 사형선고로 구체화되는 개인의 몰락이다.

　청년 에드거 앨런 포는 대단히 열정적이었다. 일생 동안 많은 여성에게 애정을 갈구했으나 결과는 늘 파탄이 났다. 이로 인해 포는 술과 도박으로 점점 황폐해져 갔다. 포는 27세에 14세인 사촌 동생 버지니아와 결혼했다. 그러나 어린 부인인 버지니아가 폐병을 앓기 시작하자, 그들의 생활은 곤궁해져만 갔다. 병세가 악화된 버지니아는 급기야 24세 나이로 세상을 떠났다.

　버지니아가 숨진 뒤에 포는 여성에게서 모성적 사랑을 갈망한 듯 언제나 기혼 여성들을 상대로 애정을 느꼈다. 결코 동반자가 되어 함께 할 수 없는 상대였기에 결과는 언제나 포를 낙담시켰다. 40세 때 포는 남편을 사별한 셸턴을 만나 결혼하기로 했으나 결혼식 열흘 전에 술에 취한 채 짧은 삶을 마감했다. 마지막으로 행복할 수 있는 기회였는지도 모르겠지만 포는 안정된 행복보다 열정적인 삶 자체에 충실한 사람이었기에 일생동안 그렇게 자학적인 사랑에 몰두한 듯하다.

　생전에 이룬 가족이나 연인 등의 인간관계는 누군가의 일생을 설명하는 데 있어서 중요한 단서가 된다.

　포는 양부와 불화한 데다 사랑한 아내는 일찍 죽었고, 어둡고 예민한 성격 탓에 언제나 실패로 끝난 숱한 연애는 누구에게도 이해받지 못한 그의 천재성 때문에 더욱 비극적인 결과를 가져왔다. 그러나 바로 이러한 이유때문에 천재들의 불행은 이유가 있는 불행인지도 모른다.

1) 검은 고양이가 단순한 공포소설 또는 추리소설이 아니라 인간 심리에 대한 중요한 통찰이 담긴 작품이라는 걸 알았지요? 이제까지 생각한 것과 조금 다른 시각에서 작품을 본다는 것은 훨씬 이해를 풍부하게 합니다.

: 네, 저도 그냥 처음에는 죽은 고양이의 화신이 주인공에게 복수하는 이야기로 이해했어요. 그런데 다른 시각으로 보니까 고양이의 복수가 아니라 자신의 양심에 의한 자기 처벌의 의미 같기도 해요.

: 그래도 난 추리소설 쪽에 더 가깝게 읽혀요. 왜냐하면 실화란 점을 강조해서 독자의 흥미를 유발하고 이야기를 궁금하게 풀어나가다가 결말 부분에 가서는 의외성으로 독자를 놀라게 하잖아요. 이러한 수법은 추리소설의 서술 방식이니까요.

2) 인간의 심리란 언제나 단순하지 않아요. 미움과 애정이 공존하고 파괴적 욕구와 창조적 욕구도 공존하지요. 언제나 상반된 심리 속에서 갈등하는 것이 인간의 모습이며 삶의 모습이기도 해요.

: 글쎄요, 좀 어려운 말씀같아요. 제가 열심히 공부해서 일등하고 싶은 욕망과 나중에 어떻게 되든 당장은 놀고 싶은 욕구도 그런 상반된 심리 때문일까요?

: 그건 상반된 심리라기보다 놀고 싶은 건 그냥 쾌락원칙에 따른 욕구이고, 공부를 잘 하고 싶은 건 그보단 한 차원 높은 성취의 욕구가 아닐까 생각할 순 없을까요? 결과는 서로 다르지만 성취나 쾌락이나 그런 건 하나의 목적에 불과한 것 같아요. 결국 자신을 행복하게 하기 위한 것 이니까요.

미시시피는 밀림과 같은 자연을 만날 수 있는 곳이다. 습윤·온난한 아열대기후를 이루고 있어서 여름은 몹시 덥다.

17 에밀리에게 장미를

『에밀리에게 장미를』 캐릭터 한눈에 살펴보기

에밀리: 미국 남부의 명문 그리어슨 가의 마지막 후계자. 뜨내기인 호머 배론을 사랑해서 그를 영원히 소유하기 위해 비소로 독살한 뒤 연인의 시신 곁에서 일생을 보낸다. 지극히 폐쇄적이며 시대에 맞지 않는 영락한 명문 후예의 자존심으로 뭉쳐진 인물.

호머 배론: 북부 출신의 뜨내기로 공사장의 현장 감독. 남자들과 어울리거나 젊은이들과 어울려 술마시기를 즐겨하는 품위 없고 거친 사내. 작품 속에서 그는 기질적으로 맞지 않는 에밀리와의 결혼을 원하지 않은 것으로 보인다.

마을 사람들: 한때는 명문 귀족의 딸이었으나 이제는 천애의 고아에다가 유산 한 푼 없게 된 에밀리를 동정하는 체하며 자신들의 선의를 확인하려 한다. 에밀리가 안됐다고 하며 방문을 시도하기도 하지만 배타적인 에밀리의 도도함 때문에 그런 관심조차 불가능해지자 그녀의 딱한 처지를 방관한다.

세월과 죽음을 넘어선 사랑의 전율

침대와 구분조차 할 수 없게 썩어 있는 연인의 시신 옆 베갯머리에서 한 가닥의 기다란 철회색 머리카락을 발견할 수 있었다. 『에밀리를 위한 장미』의 마지막 장면에서 어떤 사람들은 세월과 죽음을 넘어선 에밀리의 끈질긴 사랑에 대해 서늘한 감동을 느낄 것이다. 그러나 어떤 사람들은 연인을 살해한 후 남은 인생을 시신 곁에서 보낸 한 광녀의 집착에 대해 전율과 공포를 느낄 수도 있다. 상식적으로 이해할 수 없을 정도로 다분히 엽기적이기 때문이다.

작가는 이 극적 결말의 한 장면을 위해 에밀리의 신체 변화에서 나타나는 세월의 변화를 그리면서 반드시 머리카락 색깔을 함께 묘사하는 치밀함을 보인다.

이 소설에서 미국 북부 출신이며 공사장의 뜨내기 현장

감독인 배론은 몰락한 남부 명문 귀족의 마지막 후예인 에밀리에게 어울리는 상대가 아니었다. 더욱이 기질적으로도 그다지 맞지 않을 듯한 두 사람의 결합은 배론이 결혼을 거부한다는 풍문이 떠돌면서 어려운 국면을 맞게 됐음을 암시한다.

이 과정에서 에밀리는 줄곧 직접적으로 소설의 문면에 나서지 않는다. 다만 떠도는 풍문과 마을 사람들의 눈에 띈 단편적 모습으로만 묘사될 뿐이고, 늙어서는 창가의 붙박이 조상처럼 정물화한 인물로 희미하게 처리된다. 작가가 주인공에 대해 구체적이고 생동감 있는 인물 묘사를 피하고 그림자처럼 처리한 것은, 에밀리의 사랑이란 것이 연인 살해의 결과로 나타났을 때 독자들이 느끼는 섬뜩함과 반감을 희석시키기 위해서였다. 그래서 에밀리라는 인물은 작품속에서 비현실적으로 그려진다. 이를테면 에밀리와 배론의 애정 관계에 대해 불특정 마을 사람들에 의한 풍문으로만 설명됨으로써 독자들은 잘 알지 못하게 하는 것이다.

한편 에밀리는 일찍이 아버지의 갑작스런 운명을 맞았을 때도 아버지의 죽음을 부인하면서 사흘간을 버티며 시신 처리를 거부한 적이 있었다. 또한 고모인 와이어트 부인이 미치광이였다는 사실을 분명히 언급함으로써 그녀의 집안에 정신병이 유전됨을 암시한다. 이런 사정을 보면 에밀리의 사랑은 의지할 사람을 잃은 한 광녀의 기괴한 집념으로 해석될 수도 있다.

　문학 작품 속에서의 죽음은 현실의 죽음과 완전히 다르게 다뤄진다. 현실에서의 일이라면 에밀리의 연인 살해 행위는 단지 엽기적 살인 사건에 불과하겠지만, 소설에서의 살해는 유기체인 인간의 유한성과 시간을 뛰어넘는 상징적 의미이다.

　소설 작품 내에서의 사랑이 죽음으로 파국을 맞이하는 경우가 흔한 이유는 변하기 쉽고, 흔들리기 쉬운 인간의 허약한 감정을 뛰어넘는 불멸의 사랑에 대한 인류의 오랜 열망 때문일 것이다. 텍스트의 리얼리티가 무엇보다 중요해진 현대에도 여전히 영화나 대중 소설에서 연인은 곧잘 병들거나 사고로 사망하곤 한다. 이것은 끝끝내 변하지 않는 사랑이 불가능하다면 차라리 절정에 이른 사랑의 순간에 고정된 채 기억하고픈 사람들의 기대가 반영됐기 때문일 것이다.

　윌리엄 포크너의 작품은 미국 남부사회의 역사와 문화를 인물들의 의식과 행동에 깊게 연결한 것으로 잘 알려진 작가이다. 즉 그는 남부 출신 작가로서 자의식과 자존심을 내면화한 사람이었고, 작품 역시 미국 남부의 세태와 정서를 깊이 반영했다. 이런 관점에서 보면 이 소설은 에밀리라는 노처녀가 결혼을 거부한 연인을 독살해 시신을 소유한 이야기라는 단순한 독법으로 이해하기에 부족함이 있다.

　윌리엄 포크너는 소설을 미국 남부 역사와 현실에 대한 개인의 대응방식을 통해 보편적인 역사와 개인 문제를 탐색하는 과정으로 삼았다. 따라서 그의 소설에는 지역성이 짙게 깔려 있다. 그만큼 남부의 방언과 정서가 생생하다는 평가를 받는 작품이다. 그래서 번역된 채 읽어야 하는 우리나라의 독자들에게는 아쉬움이 많이 남는다. 남도 사투리가 빠진 조정래의 『태백산맥』을 상상할 수 있겠는가? 표준어로 씌어진 태백산맥이 우리가 알고있는 소설 태백산맥 일 수는 없는 것이다.

이 작품을 이러한 코드에 맞춰 읽어보면 우리는 조금 다르게 감상할 수도 있다. 음울한 분위기의 몰락한 남부 귀족의 딸 에밀리가 북부 출신의 활달한 일용 노동직 남자를 사랑하게 됐고, 아마도 결혼을 거부당한 후 그를 영원히 소유하기 위해 독살했다. 여기까지의 이야기는 단순 치정 살인극과도 흡사하다.

그러나 에밀리는 연인이 죽은 뒤 50년 동안, 심지어는 움푹 파여진 베개 자국으로 미루어 짐작컨대 자신이 죽기 며칠 전까지도 연인의 시신 곁에 누워 있었다. 이 대목에 이르면 에밀리의 끔찍하지만 처절한 사랑은 독자들에게 주는 어떤 울림이 있다. 자존심 강한 귀족의 후예가 감히 자신을 거부한 미천한 연인을 살해하는 방법으로 소유는 했지만 그 사랑을 집착이라고만 볼 수는 없다. 거기에는 그녀에게는 남은 일생 전부를 그에게 바친 순정이 존재하고 있었다. 작가는 이것을 몰락한 귀족의 자존심으로 형상화한 것이다.

연인을 독살한 뒤 에밀리는 긴 세월을 이웃들의 호기심 속에서 변해가는 세태에 맞서가며 고독하게 늙어간다. 작가는 그녀의 정신력

자신의 사랑을 거부한 사람을 살해하고 이후 평생을 한 침대에서 같이 보낸 한 여
인의 엽기적인 사랑법의 진실은 과연 무엇일까?

을 수백 년 축적된 남부 귀족 전통의 무게로 설명하려 했다. 처녀 시절에 이미 가난한 고아나 다름없는 처지로 홀로 남겨졌음에도 에밀리는 마을 사람들의 동정을 일체 거부한 채 도도하고 꼿꼿한 자세로 살아간다. 이 모습은 단순히 에밀리 개인의 성격만을 묘사하려는 의도는 아니었다. 또한 배론과의 관계를 사람들이 수군거리고 심지어 마을 목사가 나서서 훈계까지 했음에도 그녀는 이에 아랑곳하지 않는 대담함을 보인다. 형체조차 없어진 연인의 시신 옆에 베개를 나란히 하고 누운 에밀리의 사랑은, 처절하고 고독한 그녀의 삶을 지탱하는 이유였고 남은 인생을 바쳐서라도 이뤄내고 싶은 것이었다.

20세기 전반의 미국 대표 작가, 포크너

월리엄 포크너는 정규교육 과정을 거의 거치지 않은 타고난 소설가였다. 그는 친구인 필 스톤을 통해 독서의 지침을 배우고 새로운 문예사조를 접한 것으로 알려져 있다. 또한 그는 무척 강한 기질의 소유자였던 듯하다. 제1차 세계대전 때는 영국 공군에 지원해 비행기 조종 훈련을 받았고 제대 후에는 참전 덕분에 미시시피 대학에 특별 장학생이 되었다. 이후 대학을 그만두고 갖은 직업을 전전하다가 마지막에는 대학 소속 우체국장에 취임했다. 그러나 태만을 이유로 우체국에서 해임된 것을 보면 무척 분방한 생활 태도를 행한 사람인 것으로 보인다.

그는 1924년부터 꾸준하게 작품 활동을 시작해 일생동안 방대한 저작활동을 했다. 잘 알려진 『소리와 분노』『압살롬 압살롬』은 그의 대표적 걸작으로 꼽힌다. 드디어 1949년에 노벨 문학상을 받음으로써 20세기 전반의 미국을 대표하는 작가로 자리를 확고하게 잡았다.

포크너는 일생동안 식민지 시대로부터 남북 전쟁을 거쳐 현대에 이르는 미국 남부 사회의 변천 과정을 문학으로 재현해 냈다. 그의 작품을 이해하는 것은 문학 외적으로 역사적 배경을 이해하는 것이 작품 이해의 시작이 된다. 그의 소설은 미국 남부의 지역소설로 간주될 만큼 이 지역 각계각층의 가족사가 연관되면서 이야기가 구성돼 있는 장편이 많다. 포크너는 이것을 연작 형태로 처리하기도 하고 장편 형태로 처리하기도 했는데, 우리 문학사에서 『토지』나 『태백산맥』을 연상하면 이해가 쉽다. 작품 면면마다 존재하는 뿌리 깊은 지역성, 사투리를 통한 짙은 향토성 등을 연상한다면 포크너의 작품이 미국 문학에서 어디쯤에 위치하는지 쉽게 어림잡을 수 있다.

1) 에밀리의 사랑은 21세기 현실에서 이해하기 힘든 면이 있지요. 독특한 성격도 마찬가지고요. 그러나 당시의 급변해가던 미국의 역사적 상황을 이해한다면 공감할 수 있는 부분도 있어요. 어떻게 생각하나요?

: 세금을 내는 부분에 있어서도 자기 가문은 세금을 면제받았다고 전혀 세금을 내지 않으려 할 뿐 아니라 다른 사람을 무시하고 오만하게 구는 에밀리가 좀 이상하게도 보였어요. 그러나 우리나라 개화기에도 양반들이 평민들과 평등해지는 것에 대해 많은 저항이 있었을 것 같아요. 조선 시대의 어느 양반 규수가 자기를 보호하는 신분과 재산을 모두 잃은 다음에 선택할 수 있는 행동 방식은 많지 않을 것 같아요.

: 그렇게 이야기하니까 박경리 선생님의 대하소설 『토지』의 주인공 서희가 생각이 나요. 서희는 물론 훨씬 저돌적이고 현실 타파적인 인물이었지만 몰락한 가문의 마지막 후계자란 점에서 일치하는 것 같아요. 어느 시대든 낡은 시대가 가고 새로운 시대가 열릴 때는 급변하는 역사 속에서 고통 받는 개인이 있잖아요. 에밀리가 자신의

창을 안에서 닫아걸고 연인과의 영원불멸한 사랑을 소망한 도피적인 인물이라면 서희는 자신의 운명을 개척해 나갔다는 점이 다르지만요.

2) 그래도 여전히 이 작품의 주제는 전율할 만큼 에밀리의 끈질긴 사랑이니까 방대한 대하 역사소설 『토지』와 비견되기에는 조금 무리가 있어요. 다만 그 인물에 대한 짧은 비교는 가능하겠지요. 에밀리의 사랑에 대해 우리가 느낀대로 솔직하게 얘기해 볼까요?

: 에밀리의 사랑을 저는 도저히 이해할 수 없어요. 연인을 죽여서라도 가지겠다는 욕심밖에는 안돼요. 그건 사랑이 아니라 소유욕이고 아무리 늙어 죽는 순간까지 그 곁을 지켰다고는 해도 감동보단 소름이 돋아요.

: 이 작품을 영화로 만든다면 공포영화가 될 것 같아요. 공포영화의 주인공은 언제나 복잡하고 불행한 사연을 간직하고 있다가 맑고 여린 얼굴로 살인자가 되잖아요. 작품이 발표된 당시 에밀리 사랑이 사람들의 공감을 불러일으켰을지는 모르겠지만 21세기의 에밀리는 애정영화가 아닌 공포영화에서나 만날 수 있을 것 같아요.

야경과 뮤지컬의 도시, 시카
고. 그리고 라스베이거스의
환상적인 야경

영화의 중심지 헐리우드. 미
국의 영화가 제작되는 장소

캐나다와 미국 국경 사이에 있는
대폭포. 신대륙의 대자연을 상징
하는 대표적인 것으로 선전되어
전 세계에 알려지게 되었다.

맨해튼 도시는 브로드웨이가 대각선을 이루며 통하고 있다. 북동부는 흑인 거주지구로 알려진 할렘이며, 세계의 상업·금융·문화의 중심지이다.

18 세일즈맨의 죽음

『세일즈맨의 죽음』 캐릭터 한눈에 살피기

윌리 로먼: 현실적인 능력을 잃어가는 무능력한 가장. 아들에게 터무니없는 기대를 걸지만 좌절하고 회사에서 해고당한 뒤 가족들이 보험금을 받을 수 있도록 자살한다.

비프: 아버지 윌리의 외도를 목격한 뒤 성격이 비뚤어진다. 성실하게 노력할 생각보다는 언제나 황당무계한 계획만 세운다.

해피: 이름처럼 성장기에 특별한 아픔이 없는 대신 행동거지가 경박하고 깊이가 없다. 비프의 동생.

린다: 아내로서 윌리에게 헌신적이고 어머니로서도 자식들에게 자애롭지만 무능력하고 무지하다. 남편이나 자식들에 대한 이해력도 부족하며, 현실에 대한 분별력이나 통찰력이 없다.

찰리와 버너드 부자: 사려 깊고 신중하고 긍정적인 인간상의 전형. 열등감 때문에 자기들을 밀어내는 비프 부자에게 최선을 다하지만 외면당한다.

하워드: 무자비하고 기업 이윤의 창출만을 목표로 하는 자본가의 전형. 선친과 동료관계인 윌리를 더 이상 가치 없는 인력으로 단정하고 해고한다.

우리들 아버지의 쓸쓸한 뒷모습

고전 희곡들이 신화나 전설을 내용으로 하는 영웅담이라면, 현대 희곡은 우리처럼 현실에 부대끼며 살아가는 평범한 인물을 주인공으로 삼아 사람들의 공감과 이해를 이끌어낸다. 이 작품의 등장인물은 모두 현대의 미국이라는, 급변하는 사회 속에서 허덕거리며 살아가는 소시민에 불과하다.

희곡은 연극 공연을 전제로 쓴 글이다. 연극은 무대라는 좁은 공간에서 대체로 배우들의 대화와 행동만으로 이뤄진다. 그러므로 희곡 작품에 대한 주제와 작가의 철학을 알기 위해서는 등장인물을 중심으로 이들의 복잡한 심리와 행동의 양상을 살피는 것이 주효할 것이다.

주인공 윌리 로먼은 기계문명을 상징하는 자동차를 판매하

는 외판원이며 불성실한 두 아들과 착실하지만 무능한 아내를 둔 가장이다. 그런데 그의 행동 동기는 스스로의 의지와 힘에서 촉발되는 것이 아니라 타인에 의해 부여된다. 그에게 있어서 성공이란 고객이나 동료나 상사의 마음에 들 때만이 가능한 것이었다. 극 중에서 그의 집이 거대한 아파트에 짓눌리듯 기대어 있는 모습으로 표현돼 있듯 윌리의 생활은 처음부터 위태롭고 불안하다. 그는 불성실한 아들들에게 실망하며 아내 린다의 말에 줏대없이 따르는 사이에 정작 자신이 세상의 변방으로 밀려나는 것을 미처 깨닫지 못하는 시대착오적인 인물이다. 윌리는 아들에 대한 맹목적인 자부심으로 인해 큰 아들 비프의 도벽을 방치하고 현실적인 능력과는 상관없이 큰 인물이 될 것이라며 터무니없이 낙관한다.

이것은 친구 찰리에 대한 선망과 열등감을 아들의 성공을 통해 보상받으려는 행동 양상으로 나타나는데, 이 가련한 윌리에게는 현실 감각이 절대적으로 부족하다. 윌리는 자신이 점점 늙고 무능해져 간다는 사실을 직시하지 못한다. 그러나 우리의 이웃이라 할 수도 있는 윌리가 이렇게 대책 없이 구는 것은 생계에 아무런 도움이 되지 못하는 장성한 두 아들과 착하지만 무능하고 어리석은 아내를 둔 가장으로서 한편으로는 어쩔 수 없는 모습이기도 하다. 결국 보험금을 가족에게 물려주기 위해 자살하는 윌리의 최후는 단순히 물질주의에 희생된 개인의 모습이 아니라 삶에 지치고 절망한 어느 늙은 가장의 마지막 선택인지도 모른다.

여기에서 윌리와 갈등관계를 이끌어가는 또 다른 주인공 격인 큰 아들 비프는 개성이 강하고 활력적인 소년이었다. 그러나 윌리는 언제나 아들을 과대평가함으로써 아들의 현실 지각 능력을 키워주지 못했다. 또한 도덕적 분별력이 없는 탓에 비프는 결국 도둑이 되었고, 사춘기 때 아버지의 외도를 목격함으로써 깊은 상처를 받는다. 이때부터 윌리와 비프는 어색하고 힘겨운 관계가 되고, 이렇게 실패한 부자관계처럼 비프는 다른 사회적 관계에서도 실패하거나 소외당한다.

이에 반해 작은 아들 해피는 특별한 갈등을 겪지 않고 비교적 자유롭게 성장해 인간적으로 깊이가 덜하고 경박한 인상을 준다. 식당에서 여자를 만나 희롱하는 장면에서 해피는 아무 거리낌 없이 구는 데 비해 비프 태도는 소극적이고 여성을 회피하는 경향을 보인다. 이것은 사춘기 때 아버지의 외도를 목격한 충격과 상처가 매우 깊었음을 암시한다.

그런데 작품 말미의 아버지 무덤 앞에서 해피가 "난 형이나 다른 사람들에게 아버지가 허무하게 돌아가시지 않았다는 걸 보여주겠어. 아버진 뛰어난 사람이 될 수 있다는 훌륭한 꿈을 간직하셨어. 그걸 내가 대신해 보이겠다는 거야"라고 말하는 장면은 해피가 또 다른 윌리가 돼 고단한 삶을 살다가 좌절할 수 있다는 어두운 암시를 주고 있다.

그의 집이 거대한 아파트에 짓눌려 있듯이 윌리의 생활은 처음부터 위태롭고 불안
하다. 불성실한 아들에게 실망하고 아내의 말에 줏대없이 따르는 사이에 정작 자
신은 세상의 변방으로 밀려나고 있음을 모르고 있다.

월리의 아내 린다는 검소하고 착실하지만 현실감각이 부재한 남편에 대한 이해가 부족하고, 자식들의 현재 상태와 능력에 대해서도 전혀 통찰력을 갖추지 못한 인물이다. 심지어 자식들과 남편 사이에서 기본적인 조정 능력조차 보여주지 못한다. 그녀는 남편이 새로운 기회를 찾아 알래스카로 떠나는 걸 막으며, 언제나 남편이 제일이라고 말함으로써 월리가 현실을 직시할 기회조차 차단했다. 남편이 사회적인 인간관계나 부자관계에서 명백히 실패하고 있는 상황을 보면서도 무턱대고 부인할 뿐 아무런 전망을 제시하지 못한다.

월리가 매우 외롭고 고단한 삶을 살아왔음에도 그녀는 남편의 죽음 앞에서조차 "도대체 왜?"라고 절규함으로써 월리에 대한 이해가 절대적으로 부족했음을 드러낸다. 그러나 독자들은 이 어리석고 선량한 아주머니를 동정하지 않을 수 없을 것이다. 월리나 린다나 모두 부족하고 잘나지 못한 우리 자신과 이웃의 모습에서 크게 벗어나지 않기 때문이다. 이들 부부의 초상은 변하는 현실에 적응하지 못하고 가난과 고립으로 초라해진 바로 우리의 모습이다.

찰리와 버너드 부자는 이 작품에서 선량하고 긍정적인 인간상의 전형으로 등장한다. 찰리는 자기기만적인 월리를 끝까지 도우며, 버너드 역시 소년 시절 비프에게 건실한 충고를 아끼지 않았지만 분별력 없는 월리 부자로부터 외면당한다.

반면에 젊은 사장인 하워드는 탐욕스럽고 무자비한 자본가

의 전형이며 이윤창출을 최대의 목표로 삼은 사업가의 기질만 드러내는 인물이다. 윌리의 파멸은 미국 자본주의 기업윤리를 대표하는 하워드에 의해 가속화된다. 윌리는 일방적인 해고 통지 앞에 선친과의 관계와 하워드란 이름을 지어준 일을 상기시키면서 간청하지만 하워드에게 중요한 것은 윌리가 더 이상 투자가치가 없는 사람이라는 사실뿐이다. 윌리가 언제나 강조하는 "사람이 인기만 있으며……, 문제는 인간관계란 말이지" 하는 말은 단지 자신의 착오였음이 드러난다.

흥미롭게도 이 작품의 작가 아서 밀러는 대학에서 만난 첫째 부인과 이혼하고 1956년 세기의 연인으로 불리는 유명 배우 마릴린 먼로와 두 번째로 결혼했다. 비록 그들의 결혼은 5년 만에 끝나긴 했지만 이후 그녀와의 만남에서부터 헤어짐까지의 과정을 주인공의 고백과 회상기법, 심리적 콜라주 형식으로 자세히 추적한 『추락 이후』라는 작품을 발표했다.

작가가 자신의 개인사를 모델로 한 문학작품의 경우 진위 여부에 대해 궁금해하는 것은 어리석은 일이다. 이것은 작가가 나서서 거짓말을 한다는 의미라기보다 자신의 주관적 경험이 주관적 글쓰기로 재생됨으로써 이미 픽션이 됐다는 의미이기 때문이다. 가장 정직한 자서전조차도 결코 그 자체가 진실과 동일할 수 없다.

다만 우리가 짐작할 수 있는 것은 그녀와의 추억을 작품으로 되살릴 정도로 그녀에 대한 사랑이 그에게 특별한 의미였다는 것 정도일 것이다.

『세일즈맨의 죽음』 연극 살펴보기

이 작품은 1949년 2월 미국 뉴욕의 모로스코 극장에서 상연돼 1950년 11월까지 742회의 장기흥행을 기록했다. 또한 최초로 퓰리처상, 연극 비평가상, 앙투아네트 페리상 등 3대 상을 모두 받은 작품이다. 제2차 세계대전 이후 미국 연극계의 최대 걸작으로 손꼽히는『세일즈맨의 죽음』은 세계적 명성을 함께 얻었다.

특히 두 가지 이상의 사건이나 현상을 짧은 시간에 교차시켜 보여주는 플래시백 기법으로 윌리 로먼의 피로한 뇌리에 쉴 새 없이 떠오르는 과거 장면과 현실 교차는 무대에서 강한 인상을 주었다. 현실적인 시간이나 공간과는 다른 심리적인 시간과 공간을 연출하기 위해 사용하는 몽타주 기법의 하나인 플래시백은 연극이나 영화에 자주 사용한다. 이 작품에서는 윌리의 현재 일상과 아들들과 함께 한 과거의 장면들이 교차되며, 과거가 현재를 설명케 하고 현재가 과거의 모습을 납득시키고 있다. 이 기법은 시간 흐름에 따라 과거에서 현재와 미래로 이어지는 단순 구조에 비해 관객의 이해를 돕고 흥미를 불러일으키기에 훨씬 효과적이다.

희곡은 읽기만을 목적으로 한 것이 아니라 연극 공연에서 극본 역할을 한다. 그래서 공간적, 시간적 제약이 따르는 무대 위에서 표현되고, 이 때문에 문학 속에서 시간과 공간을 자유자재로 넘나드는 것과는 차원이 다르다. 이를테면 윌리가 자동차를 폭주 운전해 자살하는 장면을 직접 무대에 올리기 위해서는 아이디어가 필요할 뿐 아니라 많은 기계적 장비가 필요하다.

무대는 주인공의 인생과 심리가 모두 표현되는 장으로 어느 하나 소홀하게 다룰 수 없다. 좋은 극본과 배우의 연기력만으로 훌륭한 연극이 탄생하지 않는다. 무대에서 윌리의 집은 거대한 아파트 옆에 기울어져 있는 것으로 제작돼 있다. 이것은 윌리 인생의 위태로움, 불안함과 그의 위축된 심리를 잘 보여주는 무대 배경이다. 아파트는 무자비한 산업자본주의를 상징하며, 산업자본주의에 의한 주인공과 그 가족의 삶의 고단함을 관객에게 쉽게 표현해주는 장치다.

명작이 던지는 질문

1) 이 작품은 전 세계적으로 셀수없이 공연됐고 지금도 곧잘 무대에 올려지는 희곡이에요. 달콤한 사랑 이야기도 아닌데, 어떤 점이 이렇게 오래도록 사람들의 관심과 흥미를 끌까요?

: 현대를 살아가는 고달픈 사람들의 이야기니까요. 초연된 지 반세기 이상 지났지만 지금도 여전히 사람들의 생활은 바쁘고 급변

하게 돌아가고 있고, 이런 현실에 적응하지 못하는 사람들이 있을 테니까요. 이런 면에서 공감을 얻은 것 같아요. 작품이 초연된 당시엔 산업이 가파르게 발전하는 시대였고, 자본주의 논리가 인간애라든가 인정의 논리에 앞선 시대였잖아요. 지금 세상은 오히려 더 빠르게 변하고 있고 여기에 적극적으로 대처하지 못한 사람들의 극단적인 선택은 실제로도 일어나고 있으니까요.

 : 난 이 작품을 읽고 우리나라 IMF 때 실직 가장들이 가출하거나 자살한 기사를 본 게 생각나요. 하지만 이 작품의 경우에 물질만능주의가 윌리를 죽음으로 내몰았다기보다 그 가족 모두가 문제투성이라고 보고 싶어요. 비프는 행실이 나쁜데다 형편없는 젊은이를 대표하는 것 같고, 해피는 경박하고 생각하는 것이 없어서 쓸모가 없으며, 윌리는 너무나 가엾은 결말이지만 아들에게 진 빚이 많아요. 게다가 자신은 분별력이 없다보니 아들이 도둑이 되는 것을 방치하고, 아들에게는 헛된 꿈만 꾸게 만들었어요. 린다는 아내이고 어머니로서 그토록 성실하면서도 어떻게 그렇게 가족에 대한 기본적인 이해와 통찰력이 없는지 이해할 수 없어요. 분별 없고 통찰력 없는 건 이 가족 전체 특징이죠.

2) 희곡의 성격과 특징에 대해 말해볼까요?

: 희곡은 연극을 상연하기 위한 목적으로 쓴 극본이에요. 줄거리 전개가 등장인물의 대화와 독백과 지문으로 이루어지지만 희곡은 문학작품으로 감상할 수 있어요. 연극의 극적 내용을 문자로 써서 활자화한 작품을 일컫는 말이기도 해요.

: 희곡에는 여러 제약이 따라요. 우선 상연시간이 2시간 30분에서 3시간을 넘지 않아야 해요. 그리고 이 속에 모든 것을 담아 표현해야 하는 시간적 제약이 있고, 제한된 무대라는 공간적 제약도 있어요. 사람이 직접 등장해서 육성으로 말해야 하기 때문에 정해진 무대 외에 아무 데시나 공연하기란 불가능하지요. 예를 들면 비가 오거나, 물속이라는 배경이 필요하다거나, 뭔가 폭발하는 장면이 필요할 때는 많은 기계적 장치를 이용해서 최대한 전하고자 하는 내용을 표현해야 하니까요.

『큰 바위 얼굴』의 작가 호손이 고향 세일럼. 위 사진은 세일럼에 위치한 마녀박물관이다. 마녀로 유명한 도시 세일럼은 영화 「젊은 굿맨 브라운」의 배경이 되기도 했다.

세계 명작 여행 승차권

1. 명작 이름: 『큰 바위 얼굴』
2. 명작 국가: 미국
3. 명작을 만든 사람: 너새니얼 호손

19 큰 바위 얼굴

어니스트: 심성 맑고 바른 소년으로 평생 동안 언행일치의 삶을 살았다. 어려서부터 큰 바위 얼굴을 닮은 사람을 기다리면서 사색하며 성장하는 동안 대자연의 가르침으로 학교 교육을 받은 사람보다 더 겸허하고 훌륭한 인격을 지니게 되었다. 자신의 사상을 쉬운 말로 설파하는 현자가 돼 어느덧 자신이 전설 속의 위인이 된다.

시인: 어니스트가 바로 큰 바위 얼굴 전설의 인물임을 가장 먼저 알아본 사람. 속된 위인들에게 현혹되는 다른 마을 주민들과는 달리 어니스트야말로 전설의 인물에 걸맞은 훌륭한 성인임을 알아보는 혜안을 가졌다.

어니스트의 어머니: 평범하고 소박한 시골 아낙네이지만 어린 어니스트에게 마을의 전설을 들려주며 주인공에게 꿈을 가지게 했다.

성인(聖人)이 되기를 소망한 소년

우리는 모두 무엇인가 되고 싶어 한다. 부자가 되어 살고 싶고, 큰 공을 세운 장군이 되고 싶고, 명성과 권력을 지닌 정치가가 되고 싶기도 하다. 그러나 『큰 바위 얼굴』의 주인공 어니스트는 지혜롭고 인자한 덕을 지닌 사람이 되고 싶어했다. 그는 무언가 되고자 하는 욕심 없이 예언이 이뤄져 훌륭한 사람을 만나기만을 바라며 살아간다. 어니스트는 세속적인 성공도 공명도 부귀도 추구하지 않았다. 그러나 자신의 사상을 삶과 일치시키며 살아가는 동안 저절로 덕망과 현명과 아름다운 인격을 지닌 인간으로 성숙해 간다.

이 이야기는 출생부터 남다른 위대한 인물이 어떤 대단한 일을 이뤘다는 식의 영웅담과는 전혀 다르다. 그저 평범한 한 소년이 장엄한 큰 바위 얼굴을 보며 큰 바위 얼굴처럼 지혜롭고 근엄한 덕을

평범한 소년은 큰 바위 얼굴처럼 지혜롭고 근엄한 덕을 지닌 위대한 인물을 만나기를 일생동안 소망하며 살아갔다. 이 기다림의 시간동안 자연의 가르침을 깨우치면서 소년은 큰 바위 얼굴을 닮아가고 있었다.

지닌 위대한 인물을 만나기를 일생 동안 소망하면서 성장했다. 그리고 결국 자신이 바로 그 바위의 현신이 된다는 이야기다.

경쟁사회에서 살아남기 위해 사람들은 누구나 더 열심히 공부하고 일한다. 그리고 남보다 좋은 대학과 좋은 직장을 얻어 신분을 상승시키려는 세속적 열망으로 살아간다. 그러나 결코 채워지지 않는 여분의 욕망은 때때로 자신을 고통스럽게 하기도 하고, 다른 사람을 질시하게 만들기도 한다.

이와 달리 어니스트는 성스러운 현자가 되기를 소망했고, 겸손한 마음으로 그렇게 높고 고귀한 인품을 가진 사람을 만나기만을 기다려왔다. 이 기다림의 시간이 결국 어니스트에게 고결한 품성을 길러주게 하였고 이러한 자연스러운 덕망으로 인해 저절로 세상에 이름을 알리게 됐다. 부자도, 장군도, 정치가도, 시인도 아닌 그저 평범한 한 소년이 자연의 가르침으로 품성을 닦아 마침내 성인에 이른 것이다. 이 작품은 우리에게 장차 어떤 사람이 됐으면 하는지 한번쯤 생각하게 한다.

호손의 다른 작품, 『주홍 글씨』

너새니얼 호손의 이름을 세상이 기억하게 한 대표작 『주홍글씨』는 부정을 저지른 한 여인이 평생동안 죄의 표식인 주홍글씨를

가슴에 달고 살아야했다는 인상적인 작품이다. 『주홍글씨』는 17세기 보스턴을 배경으로 하는 역사소설로서 선과 악의 충돌과 인간 심리의 내면을 파헤친 당대의 문제작이었다.

이 작품은 부정을 저지른 헤스터 프린의 참회, 딤즈데일 목사의 위선, 칠링워스의 복수에 대한 자학과 같은 심리적 측면과 17세기 아메리카 식민지 시대의 세태를 자세히 전달하는 역사적 측면의 가치도 함께 지니고 있다. 그리고 각 인물의 도덕적 문제와 인간 영혼에 대한 문제는 현대에도 종교적으로 여전히 논의의 가치가 있다.

그의 또 다른 작품 『젊은 굿맨 브라운』은 자신의 고향인 세일럼 지방을 배경으로 하고 있다. 호손의 작가 의식은 주로 인간의 원죄와 도덕의 문제에 깊이 닿아 있다. 후대의 평자들은 유명한 세일럼의 마녀재판에서 기혹한 판결을 내린 판사가 호손의 고조부라는 사실에서 연관성을 찾기도 한다.

호손이 숨진 뒤 그의 아내가 발견한 창작 노트의 "육체는 정신의 도구이며 (중략) 복수의 집념에 사로잡힌 자를 악마로 만든다"라는 대목에서도 엿볼 수 있듯이 그에게는 무엇보다 인간의 영혼이나 정신 문제가 가장 중요했다. 또한 그는 악마의 모습을 복수심에 사로잡힌 인간의 모습으로 구체화했다.

우울한 도덕주의자, 너새니얼 호손

　너새니얼 호손은 1804년 미국 메사추세츠 주의 세일럼에서 선장의 아들로 태어났으나 아버지를 일찍 여의었다. 그의 가정은 엄격한 청교도의 전통을 지니고 있었으며, 그의 고조부는 세일럼의 마녀재판에서 가혹한 판결을 내린 판사였다. 이런 가문의 영향 탓에 그의 성격은 우울했고, 인간 영혼의 구원과 도덕 문제는 그의 의식을 강하게 지배하고 있다. 『일곱 박공의 집』『주홍글씨』 등 그의 작품 전반의 어두운 분위기는 그의 성격을 반영하고 있다.

　호손은 1821년 보든 칼리지에 입학해 시인 헨리 워즈워스 롱펠로, 후에 대통령이 된 프랭클린 피어스와 가깝게 지냈다. 1849년에 발표한 『주홍글씨』가 크게 성공해 이때부터 그는 생애에서 가장 정력적인 창작활동을 계속했으며, 그가 작품 주제는 주로 도덕과 선과 악의 문제였다. 1853년 친구 피어스가 대통령이 되자 호손은 리버풀 영사가 되어 4년 동안 유럽 각국을 여행했으며, 1846년 피어스와 필마운트 산으로 여행을 갔다가 안타깝게 사망했다. 이후 그의 아내에 의해 호손의 창작노트가 출간됐다.

1) 어니스트의 기다림은 어떤 의미이며 어떻게 기다림만으로 자신이 전설의 인물이 될 수 있었나요?

: 뚜렷한 목표가 없는 막연한 기다림은 아무런 의미가 없는 것 같아요. 어니스트는 전설로 내려오는 큰 바위 얼굴을 닮은 위대한 인물을 기다린거죠. 장엄한 큰 바위 얼굴이라지만 아무 감동 없이 쳐다보면 그냥 사람의 얼굴처럼 보이는 바위덩어리일 뿐이에요. 어니스트가 기다린 것은 진정한 덕과 지혜를 가진 성인이었잖아요. 그리고 그것은 바위 덩어리가 아닌 어니스트 자신의 내면에서 키워지고 있었어요. 그것이 큰 바위 얼굴에 투사되었을 뿐인 거죠.

: 어니스트가 예언의 인물을 기다린 것은 시간을 보내기만 하는 막연한 기다림이 아니라 기다림의 긴 시간 속에서 사색으로 자신과 인간의 삶을 성찰하며 어떤 교육보다 더한 가르침을 스스로 깨쳤어요. 그가 스스로 예언의 인물을 닮고자 억지로 노력했다면 지식을 쌓고 명성을 얻기 위해 다시 마을에 돌아온 여러 유명인과 다름이 없는 모습이었겠지요. 그러나 그는 단지 겸허하게 그 얼굴을 가진 위인을 만나기만을 바라면서 소박하고 정직한 삶을 살아왔기 때문에 마침

내 성인과도 같은 면모를 지닐 수 있었어요.

2) 여러분도 만나고 싶은 인물이 있나요? 또한 되고 싶은 인물 있나요?

: 저는 서태지를 만나고 싶어요. 또 그렇게 되고 싶어요. 그는 한국 대중음악뿐 아니라 1990년대 대중문화 전반에 영향을 끼친 사람이죠. 대학도 가지 않고 고등학교도 중퇴했을 뿐이지만 누구보다 자신이 원하는 바를 성취하기 위해 부단히 노력했고 그래서 그것을 이뤘다고 봐요. 개인적으로 만나면 그의 인생철학에 대해 이야기를 더 듣고 싶어요.

: 저는 헤르만 헤세를 만나고 싶어요. 『수레바퀴 아래에서』를 감명 깊게 읽었거든요. 『지와 사랑』도요. 그런 대문호조차도 성장기는 고통의 시기였던 것 같아요. 저와 이야기가 통하지도 않겠지만 만나고 싶어요. 제가 겪는 어떤 혼란도 이해할 것만 같아요. 시대도 나라도 다르지만 그 시절의 젊은이 고뇌나 지금의 한국 청소년이 겪는 어려움이나 반드시 공감대가 있을 것 같아요.

쿠바는 어떤 나라?

쿠바는 서인도 제도에서 가장 큰 쿠바 섬과 1600여 개의 작은 섬으로 돼 있다. 동서로 긴 모양의 쿠바 섬은 국토의 4분의 1이 산지이고 나머지는 낮고 기름진 평야와 구릉지가 발달해 대규모 기계화 농업이 활발하다. 구리, 니켈, 철광석, 텅스텐 등 지하자원이 풍부하게 매장돼 있으며, 기후는 전형적인 열대 사바나이다.

쿠바는 1492년 콜럼버스의 첫 항해 중에 발견된 이래 1898년까지 에스파냐(스페인)의 지배를 받았다. 1965년 10월에 쿠바공산당이 창당돼 소련을 위시한 동유럽의 사회주의와는 다른 독자적인 사회주의 사회 건설을 목표로 했다. 그러나 경제 위기와 국제적 고립화가 깊어져 현실 노선으로 수정해 소련과의 관계를 개선하기 시작했으며 1961년 미국과의 국교 단절 이후 소련의 대리국가로 아프리카와 중남미 게릴라에게 무기를 공급하고 정부반란군을 훈련시키다가 멕시코를 제외한 라틴아메리카 모든 나라와 국교가 단절됐다. 미국과의 관계는 40년간 나빴으며 2000년에 쿠바에 대한 식품 의약품 판매를 미국이 허용함으로써 비로소 개선됐다.

쿠바 혁명 이후 교육과 사회복지 부문의 투자가 높아져서 교육과 의료는 무료이며, 한편 초등교육은 의무제다. 현재 영화와 축구, 배구, 야구에 열중하는 스포츠 강국이다.

쿠바는 헤밍웨이가 말년을 보낸 장소다. 이 곳에서 헤밍웨이는 1941년부터 1960년까지 머물며 '누구를 위해 종은 울리나' '노인과 바다' 등을 집필했다.

세계 명작 여행 승차권

1. 명작 이름: 「노인과 바다」
2. 명작 국가: 쿠바
3. 명작을 만든 사람: 어니스트 헤밍웨이

20 노인과 바다

『노인과 바다』 캐릭터 한눈에 살피기

산티아고 노인: 초라하게 늙은 평범한 어부이지만 패배를 모르는 강한 의지의 소유자. 사람들은 몇 달 간 물고기 한 마리 잡지 못한 그를 운이 다했다고 말하지만, 홀로 바다로 나가 목숨을 건 사투 끝에 대어를 낚아 돌아온다. 소년(마놀린)을 어엿한 한 사람의 어부로 인정하고 사랑한다.

소년(마놀린) : 노인에게 물고기 잡이를 배운, 노인의 유일한 벗이자 동료. 소년은 노인이 언제든 다시 물고기를 잡을 수 있을 것이라고 믿고 격려한다. 나이 차이를 넘어서 같은 어부로서 노인을 존경하고 사랑한다.

거친 세계에 맞선 한 인간의 의지

이 작품을 간단하게 요약하면, 오랫동안 물고기 한 마리 잡지 못한 늙은 어부는 홀로 바다로 나간다. 노인은 분투 끝에 믿을 수 없을 만큼 큰 청새치를 잡는데 성공하지만 상어 공격으로 겨우 뼈와 꼬리만 남은 것을 가지고 쓸쓸하게 돌아온다.

그러나 노인이 물고기를 잡는 데 들인 노력과 고통은 결코 단순한 것이 아니었다. 노인은 대어를 포획하는데 있어서 자신의 생명과 믿음을 통째로 바쳤다. 그가 그렇게까지 하면서 물고기를 잡은 것은 단지 이 물고기가 화폐와의 교환가치가 있어서가 아니었다. 노인은 어부이며, 노인에게 있어서 바다는 삶의 터전이고, 물고기 잡이는 삶 자체이기 때문이었다.

어니스트 헤밍웨이는 인생이라는 바다에 산재한 죽음과

파괴의 요소들 속에서도 물고기 잡이라는 생의 과업을 묵묵히 수행하는 노인의 모습을 통해, 비록 얻은 것을 도로 잃는 결과라 하더라도 결코 패배가 아닌 승리하는 인간의 의지를 『노인과 바다』를 통해 보여주고 있다. 노인은 대어를 잡는 데에도 필사적이었지만 잡은 물고기를 상어로부터 보호하는 데에도 결사적이었다. 노인은 물고기를 잡는 일에 자신의 전 존재를 걸었고, 물고기 잡이 자체에 자신을 투사시켰기 때문이다.

영미 문학을 이야기할 때 사용하는 '헤밍웨이적' 이라는 말의 의미는 흔히 민감한 인간의 감수성에 비친 삶의 잔혹함을 보여주는 것, 우주와 용감하게 싸우는 개인의 모습을 묘사하는 것, 한 영웅과 그의 묘사를 강하게 묘사하는 압축적인 산문을 의미한다.

이 작품은 서의 간결한 대화체로 이뤄져 있다. 헤밍웨이 문체의 특징은 자연스러운 리듬을 담고 있는 단순한 어휘로 가능한 한 감정이나 설명을 배제한다. 대신 세부적인 행동과 사실들만을 담담하고 충실하게 묘사할 뿐이다. 1954년 헤밍웨이에게 노벨 문학상이 수여될 때에도 새로운 현대적 문체를 창조한 작가라는 점이 두드러지게 강조됐다.

작가의 간결한 문체는 늙은 어부의 고통을 과장하거나 극적으로 미화하지 않는다. 또한 독자로 하여금 노인에게 어떤 연민을 느낄 여지를 주지 않는다. 노인이 바다로 나가기 전의 내용을 잘 살펴보면

노인은 물고기를 잡는 일에 자신의 전 존재를 걸었고, 이 일 자체에 자신을 투사시
킴으로써 비록 얻은 것을 도로 잃는 결과가 되더라도 결코 패배가 아닌 승리하는
인간의 의지를 보여준다.

그는 가난한 독거노인이다. 수도 시설도 없는 오두막에서 식사 한 끼조차 해결하기가 쉽지 않고 살림살이 또한 변변찮다.

이러한 노인의 빈한함이 노인이 단지 한 초라한 인간일 뿐이라는 점을 강조하고, 나중에 초라한 이 인간이 얼마나 위대한 생의 의지를 보여주는지 극명하게 드러내는 역할을 한다. 작가는 이 노인을 자존심 강하고 당당한 어부로 보이게끔 감정이 배제된 건조한 문체로 처리한다. 독자들은 노인이 가엾고 애처롭다는 느낌보다 오히려 그가 보통의 사람이기 때문에 어떤 전설적인 영웅에게서도 만나지 못한 강한 인간 의지와 극기 정신을 보게 된다. 강하고 잘 통제된 헤밍웨이 특유의 간결한 문체가 주제를 드러내는 데에 적절한 역할을 하는 것이다.

이 소실에서 산티이고 노인은 인간으로서의 나약함과 유한성을 그대로 지닌 인물이다. 노인인데다가 그것도 '운이 다한' 어부이다. 그는 노쇠하고 여윈 신체의 소유자로 보잘것 없다. 그러나 거대하고 무정한 자연에 맞서서 결코 굴하지 않은 면모를 보여줌으로써 인간 의지의 위대함을 역설하고 있다. 이것은 헤밍웨이가 부정적인 삶의 조건 속에서도 인간의 존재를 긍정하는 측면을 보여준다.

소년과 노인의 우정 역시 작가가 긍정적이고 따스한 시선으로 그려내는 인간사의 한 대목이다. 노인이 소년에게서 느끼는 피붙이 같은 애정과 소년이 노인에게 보여주는 무한한 신뢰와 사랑은 노인의 인생을 결코 비참하지 않게 해준다. 노인은 물고기를 잡으면서 혼잣말로 외로움을 견디면서도 끊임없이 소년을 생각하고 그리워한다. 노인이 보여주는 생에 대한 강하고 질긴 의지의 한 자락에는 분명 소년에 대한 사랑이 존재한다. 노인은 소년에게 보여주고 싶은 마음에 큰 물고기에게 더욱 집착했다. 그리고 소년을 보고 싶은 마음에 남은 힘을 다해 배를 몰아 집으로 돌아온다. 소년 역시 노인이 돌아오지 않는 동안 매일 노인의 오두막에 들르며 노인을 기다린다. 또 가난하기로야 소년도 노인보다 덜할 바가 없는 데도 언제나 노인 돌보기에 최선을 다한다. 소년은 돌아온 노인의 상처 입은 손을 보고 오랫동안 눈물을 흘린다. 이 작품에서 소년과 노인의 관계는 단순한 우정과 애정의 의미가 아니라 같은 어부라는 동질감으로 맺어진 동지애이다. 소년은 노인을 어부로서 존경하고 그의 고기잡이 실력을 믿어 의심치 않는 동지적 신뢰감을 보여준다.

산티아고 노인 역시 소년이 손주뻘의 귀여운 아이라서 사랑하는 것이 아니라 자신의 업을 이해하고 존중하는 사라에 대한 애정으로 응답하는 것이다. 노인은 소년에게 인정받고 싶어하며 그의 기대에 부응하고 싶어했다.

많은 문학 작품이 남녀 간의 사랑을 구현하는 데 열중하는 것을 떠올리면 여성 인물이 전혀 등장하지 않는 이 작품은 조금 차별적이다. 헤밍웨이는 유난히 남성성을 강조함으로써 긍정적인 여성

상의 묘사에 인색해 성차별적이라는 비난을 오랫동안 받아온 작가이
기도 하다.

소년은 노인에게 이제 함께 물고기 잡이를 나가자고 한다. 그러나
노인은 건강이 많이 상해 있었다. "간밤에 이상한 것을 뱉어냈고, 가
슴 속에 무언가 끊어지는 것을 느꼈다"는 노인의 말은 자신의 죽음을
암시한다. 노인은 소년이 지켜보는 가운데 자신이 가장 좋아하는 사
자 꿈을 꾸면서 죽음을 맞이한다.

자신의 전 존재와 생명을 내던지고 물고기 잡이라는 필생의 과업
을 수행한 노인의 삶은 그렇게 마감한다. 노인은 악조건 속에서도 자
신의 배보다 더 큰 물고기를 낚았다. 그러나 곧 상어 떼의 공격을 받
게 되고 노인은 필사적으로 상어들에게 저항하지만 어렵게 잡은 물
고기를 모두 잃기만 했다. 그렇지만 이것은 결코 패배가 아니다. 삶
은 비록 역경만을 가져다줬지만 그 속에서 굴하지 않고 살아가는 인
간의 모습은 그것 자체가 가치 있는 승리가 된다.

『무기여 잘 있거라』와 『누구를 위하여 종을 울리나』를 통해 본 헤밍웨이

어니스트 헤밍웨이는 일생동안 전쟁에 대해 지대한 관심을 쏟은 작가이다. 그의 잦은 참전의 경험은 작품에 고스란히 되살려져 있다. 1918년 그는 적십자 야전 위생대의 장교로 이탈리아 전쟁에 참여했다. 이때 포탄 파편에 의해 중상을 입어 여러 번의 수술과 요양 끝에 병상에서 일어났다. 이 전쟁에서 그는 두 개의 훈장을 받고 비록 거절당했지만 첫사랑을 만난다. 참혹한 전쟁과 그 속에서의 풋풋한 사랑 체험은 훗날 『무기여 잘 있거라』에서 재현된다.

발표가 되자마자 엄청난 반향을 불러일으킨 대작 『무기여 잘 있거라』는 곧 연극 무대에 올려졌고 영화화되기도 했다. 전쟁이라는 파괴적이고 허무한 폭력과 이것을 극복하는 인간 정신이 주제인 이 작품에는 청년 시절 헤밍웨이의 사고와 체험이 잘 담겨진 것으로 알려져 있다.

비인도적인 전쟁의 포화 속에서도 젊은이들은 사랑을 한다. 그는 자신을 돌보던 간호사를 사랑하게 됐고 비록 이뤄지진 않았지만 이것은 문학으로 승화돼 오늘날까지 세계인들로부터 사랑을 받으며 진한 감동을 울려준다.

전쟁을 다룬 그의 또 다른 작품 『누구를 위해 종을 울리나』에서 작가는 전쟁이란 그 자체로 참혹한 인류의 재난일 뿐 어떤 명분으로도 미화될 수 없다는 사실을 여실히 보여준다. 주인공 조던이 참전하게 된 동기는 파시즘에 반대하여 민주주의를 지켜내려는 선량한 목적과 신념 때문이었다. 안셀모 영감은 비록 적들을 사살하는 일이라 해도 살인 자체에 죄의식을 느끼는 인도주의자이다. 마리아는 해맑고 순수한 아가씨지만 전쟁의 잔혹한 폭력성을 온몸으로 고스란히 겪어버린 인물이다. 필라르는 그런 마리아를 돌보는 모성적이고 강인한 여성이다.

이 작품에서 가장 부정적인 인물로 그려지는 파블로조차도 원래는 용맹한 지도자였으나 무지막지한 전쟁속에서 형편없이 망가져버린 무력한 인간일 뿐이었다. 그러나 이렇게 선량한 사람들이 전쟁 속에서 겪어야 하는 일들은 그들의 인간다움을 모두 앗아가는 일이었다. 안셀모는 결국 원치않는 살인을 했고 마리아는 전쟁에서 부모와 정절을 잃었고 여장부인 필라르는 조직에 방해가 되는 남편 파블로에 대해 살해를 명령했으며 파블로는 동지들을 배신했다.

작가는 그것이 그들 개인의 잘못이 아니라 모두 전쟁의 잔인한 속성에서 비롯된 비극으로 보고있다. 전쟁이란 일단 상부로부터 명령과 지시를 받은 이상 다른 모든 여건은 무시되고 어떤 비인도적인 행위를 하게 되더라도 절대적으로 그 명령을 따를 수밖에 없다. 거기에는 개인이 합리적인 판단 능력을 발휘할 필요도 없고 작전이나 명령의 적절함을 따지고 사고할 지적 능력이 개입되어서도 안된다. 임무를 완수하는 것만이 목표가 되는것이다. 거기에는 가해자도 피해자도 구분이 없으며 모두가 그저 전쟁의 폭력성 앞에 노출된 무기력하고 피동적인 존재일 뿐이다.

한편 헤밍웨이의 작품에서는 등장 인물이 다양하지 못함으로써 극적이지 못하다는 평도 있다. 그의 소설 속에 등장하는 인물의 방탕과 타락은 본래 순진무구한 사람이 부당하게 패배 당했기 때문에 생겨났다는 식으로 도덕적 책임을 모면하게 해준다는 비판도 있다. 곧잘 윌리엄 포크너와 나란히 비교 당하는 헤밍웨이지만 포크너가 일반적으로 대중적 인기를 누리고 많은 독자를 거느렸다면 헤밍웨이는 남성적인 필력과 그만의 문체학적 특징으로 많은 평자의 비평을 이끌어내고 있다.

월리엄 포크너와 함께 미국 문학의 두 거장으로 일컬어지는 어니스트 헤밍웨이는 대중적인 찬사와 동시에 비평적으로도 인정받은 드문 작가 중 한 명이다. 『누구를 위해 종을 울리나』『무기여 잘있거라』로 잘 알려진 헤밍웨이는 미국 일리노이 주의 시카고에서 태어났다. 의사인 아버지와 음악에 조예가 있는 어머니 사이에서 6남매의 장남으로 태어난 그는 유복한 어린 시절을 보냈다.

이 시절에 가족과 함께 즐긴 낚시와 사냥 등은 그의 평생의 취미가 된다. 그는 훗날 낚시와 사냥에 시간을 덜 소비했다면 더 많은 작품을 썼을 것이라고 고백하기도 했다.

헤밍웨이기 고등학교를 졸업하던 해 미국은 제1차 세계대전에 참전한다. 그도 참전을 원했으나 고교 시절에 다친 눈 때문에 신체검사에서 탈락해 뜻을 이루지 못했다. 대학 진학에 뜻이 없었던 헤밍웨이는 캔자스시티의 「스타」지 기자가 됐는데, 헤밍웨이 특유의 간결하고 건조한 문체는 이때의 기자 경력에서 연유했다.

『노인과 바다』는 헤밍웨이에게 노벨 문학상과 퓰리처 상을 동시에 안겨줬다. 당당한 필력을 과시하며 생전에 이미 작가로서 모든 영화를 누렸지만 그는 불행했다. 그는 셀 수 없는 독자를 거느리고 수많은 찬사를 들으며 평론가들의 높은 평가를 받음으로써 작가로서의 성공은 눈부셨으나 그다지 행복하지는 못한 모양이었다.

　헤밍웨이는 일생 동안 네 번이나 결혼했지만 결혼생활은 순탄치 않았다. 또한 건강 악화와 신경쇠약으로 오랫동안 겪었으며 61세 되는 해에 엽총을 이용해 스스로 생을 마감했다.

명작이 던지는 질문

1) 헤밍웨이는 남성적인 세계를 즐겨 그린 작가였어요. 그러나 세계와 용감하게 맞서는 영웅을 형상화하는 데에는 반드시 주인공이 남성일 필요도 없는데 지나치게 남성 중심적이고 여성의 긍정적인 묘사에 인색하다는 평을 받아요.

: 왜곡된 여성상을 그려내는 것보다는 여성인물이 아예 나오지 않는 편이 훨씬 나아요. 그리고 다른 작품에서라면 몰라도 『노인과 바다』는 바다와 고독하게 싸우는 늙은 어부의 강한 의지에 관한 이야기인데, 사실상 여성 인물이 개입할 여지는 적다고 봐요. 여성 인물을 굳이 등장시킬 필요가 없는 작품에서 등장시키지 않은 건 비판받을 일이 아니지요.

: 『노인과 바다』에 여성 인물 등장 여부와 관계없이 헤밍웨이는 실제로 남성 중심적인 작가였어요. 남성 중심주의 시각이란 특별히 편향되고 비뚤어진 시각이 아니라 무의식적으로 학습된 결과여서 모든 문학, 심지어는 여성작가가 쓴 작품 속에서도 남성 중심적인 시각은 존재한다고 봐요.

2) 그렇다면 남성 중심적 시각에 의해 쓰인 문학작품을 청소년이 읽는다고 가정한다면 어떤 단점이 있을까요?

: 아마도 무의식적으로 남성 편향적 시각에 길들여지는 거겠지요. 청소년은 유명작가의 유명작품이라면 모두 옳은 이야기일 것이라 생각하고 아무런 비판 없이 받아들일 수 있어요. 그리고 그것을 내면화한다면 자신도 모르는 사이에 남성 편향적 시각에 고정되는 거지요. 그때부터 청소년의 사고는 남성 중심적으로 굳어질 수 있고요. 사실 제도권 교육 자체가 남성 중심적인 경우가 많았어요. 유관순 열사를 얼마 전까지만 해도 교과서에서조차 유관순 누나라고 지칭했었잖아요.

: 청소년이라 해서 그렇게 무비판적으로 책속의 내용을 흡수하기만 하지는 않아요. 그렇지만 균형 있는 관점을 가지기 위해서는

우리가 미리 알고 있는 것도 그다지 나쁘진 않겠지요. 남성작가 작품과 여성작가 작품을 비교해서 어떤 편향성이 있는지 토론하고 사유해야지요. 의도적으로 여성을 비하하기 위해 쓴 작품이 아닌 이상 이런 유형의 작품이 독서하는데 청소년의 정신에 해악을 끼친다고 생각하지는 않아요. 다만 문학작품에 대한 이해력과 감상능력을 높이기 위해서는 우리가 모르는 숨겨진 시각이 작품 속에 내재해 있다는 것을 알 필요는 있어요. 여성학적 관점은 기존 문학의 가치 판단을 뒤집는 것이 아니라 오히려 해석을 풍부하게 해주니까요.

문학과 역사를
함께 배우는
세계 명작 지도

초판 인쇄 | 2007년 9월 20일
초판 발행 | 2007년 10월 1일

지은이 | 최의영
펴낸이 | 심만수
펴낸곳 | (주)살림출판사
출판등록 | 1989년 11월 1일 제9-210호

주소 | 413-756 경기도 파주시 교하읍 문발리 파주출판도시 522-2
전화 | 영업부 031)955-1350 기획편집부 031)955-1381
팩스 | 031)955-1355
이메일 | salleem@chol.com
홈페이지 | http://www.sallimbooks.com

ISBN 978-89-522-0712-8 43800

* 잘못된 책은 구입하신 서점에서 바꾸어 드립니다.
* 저자와의 협의에 의해 인지를 생략합니다.

값 9,800원